U0523981

キラキラ共和国

闪闪发光的人生

[日] 小川糸 —— 著　吴曦 —— 译

湖南文艺出版社

好好读书

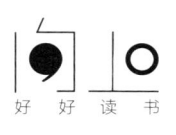

目录

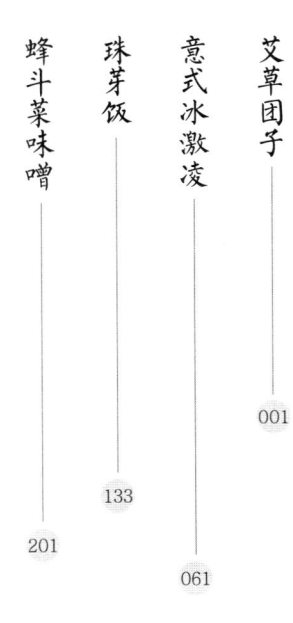

艾草团子 —— 001

意式冰激凌 —— 061

珠芽饭 —— 133

蜂斗菜味噌 —— 201

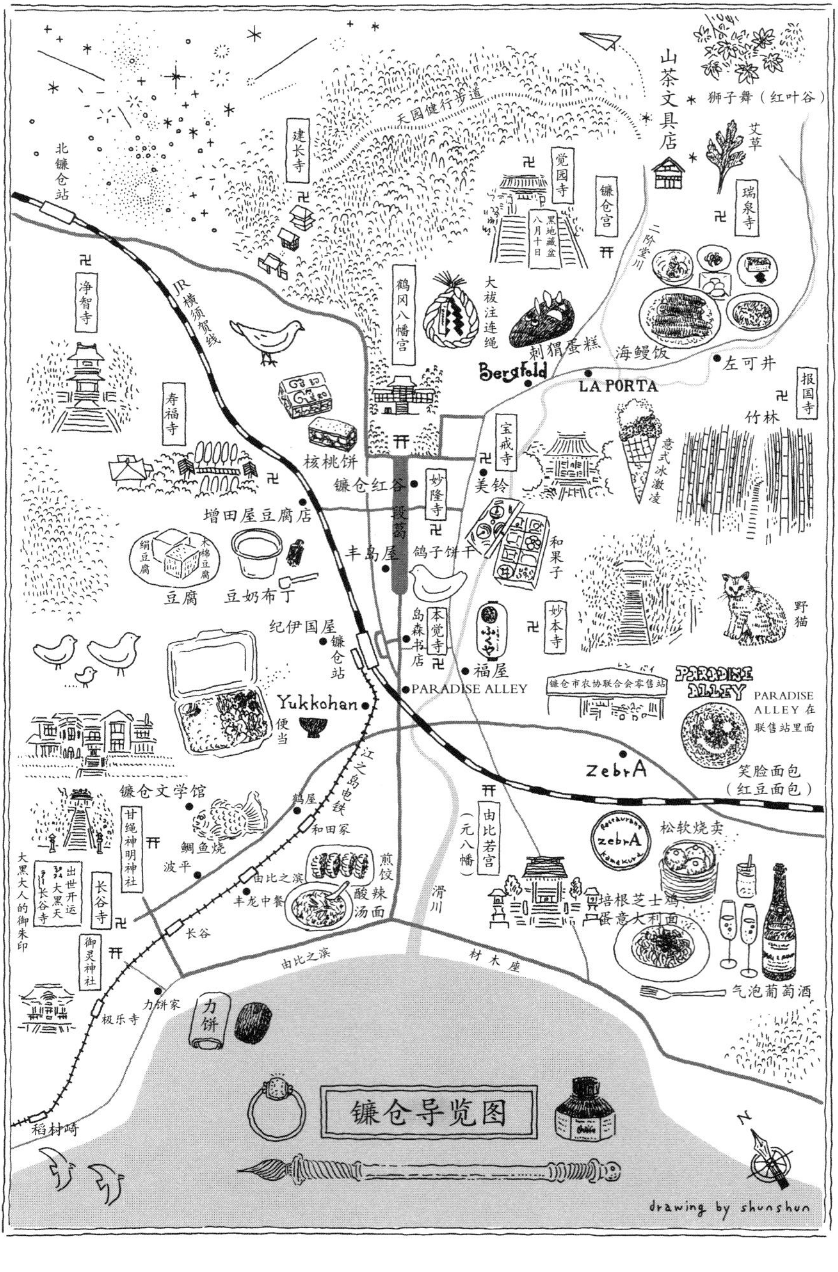

镰仓导览图
北镰仓站
建长寺
天国健行步道
山茶文具店
狮子舞（红叶谷）
艾草
觉园寺
黑地藏盆
八月十日
镰仓宫
瑞泉寺
二阶堂川
净智寺
JR横须贺线
鹤冈八幡宫
大祓注连绳
刺猬蛋糕
Bergfeld
海鳗饭
左可井
LA PORTA
报国寺
竹林
寿福寺
宝戒寺
意式冰激凌
核桃饼
镰仓红谷
妙隆寺
美铃
段葛
增田屋豆腐店
绢豆腐
木棉豆腐
豆腐
豆奶布丁
丰岛屋
鸽子饼干
和果子
野猫
纪伊国屋
镰仓站
岛森书店
本觉寺
妙本寺
福屋
PARADISE ALLEY
镰仓市农协联合会零售站
PARADISE ALLEY 在联售站里面
Yukkohan
便当
江之岛电铁
zebrA
笑脸面包（红豆面包）
镰仓文学馆
甘绳神明神社
鹤屋
和田冢
鲷鱼烧
由比若宫（元八幡）
松软烧卖
波平
出世开运 大黑天 长谷寺
大黑大人的御朱印
长谷寺
由比之滨
丰龙中餐
煎饺
酸辣汤面
滑川
培根芝士鸡蛋意大利面
长谷
御灵神社
由比之滨
材木座
气泡葡萄酒
力饼家
极乐寺
力饼
稻村崎
drawing by shunshun

艾草团子

闪闪发光的人生

人生中，会有变化快到让人眼花缭乱的瞬间。

自蜜朗背起我之后，还没过一年，我们就登记结婚了。在刚认识的时候，还用过"QP妹妹的爸爸"这种间接的称呼，不久之后变成"守景先生"，不知从何时开始，他在我的心目中就成了"蜜朗"。

蜜朗，每当我在内心深处轻轻呢喃，胸腔中就仿佛有甜蜜的颗粒在迸裂。蜜朗怎么会有这样一个贴切的名字呢？我不禁感叹。他的双亲在见到刚出生的他时，或许把一个温柔的愿望寄托在了他的身上，希望他能如蜜糖般开朗地活下去吧。

可是，当我想喊出口时，还是觉得有些难为情，结果又叫成了"守景先生"。另一边，蜜朗有时称呼我"波波小姐"，有时称呼我"小波波"，偶尔叫我"鸠子小姐"或者"小鸠"。要是喝了酒，还会叫我"鸠波"或者"鸠哔"，不一而足。

我猜想，蜜朗或许也有他的顾虑，内心总是在动摇。他和我之间的距离，时不时会伸长或缩短。

我们现在正背对八幡大人[1]，沿着段葛[2]朝大海的方向走去。面对面看蜜朗的脸时，我总觉得有些难为情，会禁不住移开视线，但看他的侧脸就不需要视线相交了。一直盯着看，蜜朗也没注意到。

从今天开始，这个人就是我的丈夫了。变成丈夫的蜜朗，似乎越来越眉清目秀了。蜜朗的鼻梁，就像公园的滑梯一样漂亮。

那时候，假如QP妹妹没有胡闹着说"约会"这样的字眼，我和蜜朗肯定不会发展成这样的关系。我竟然会成为某个人的妻子，这件事别说是一年前，就连三个月前我都几乎从未想象过。是QP妹妹把我和守景先生联系在了一起。

我满怀感谢之情，用不至于让QP妹妹感到疼痛的力道，牢牢握住她的手。

不过，众多观光客正在朝八幡大人那边走去。因为这人潮，我们三人很难挽手并排前进。我必须盯紧QP妹妹和蜜朗，免得他们走失。

这一瞬间在段葛的情形如此，在人生这条更广阔更无尽的道路上亦如此。

"话说回来，总觉得越来越乏味了呢。"

我一边灵巧地躲闪着人潮，一边对蜜朗说道。

---

[1] 指鹤冈八幡宫。
[2] 通往八幡宫的一条参道。

"什么？"

"我说段葛啦。"

这条道路是源赖朝为祈愿雅子安产而铺设的。仅仅是盼望妻子能够平安生产，就打造了这么长的一条道路，雅子究竟是有多么受夫君厚爱啊？

然而此时正值道路修复，樱花树也换植了一批，参道上只有些纤弱枯瘦的樱花树。况且地面也被混凝土覆盖，总觉得像是在一条稀松平常的马路上行走。

"不过这种地面的确是下了雨也不会积水，或许也算是件好事吧。"

我话音刚落，只见蜜朗已经露出仿佛在注视后天的黄昏的眼神，飘飘然地走了开去。

修复工程在上代去世之后才开工，真是万幸。假如她见到了这幅光景，一定会怒火中烧，写一封长长的信寄给市长以示抗议。对上代来说，段葛是一条特别的道路。

在我小时候，沿着段葛往大海方向走是根本不被允许的。上代三令五申说，把屁股对着八幡大人是大逆不道的。所以我过去只沿着背对大海面朝八幡大人的方向走过段葛，而一次都没像这样背对八幡大人面朝大海地行走过。

不过，既然是我的婚礼之路，八幡大人一定会谅解的。更何况，不许把屁股对着八幡大人这条规矩是上代定下的，上代已经不在人世，规矩也就一笔勾销了。

我邂逅了蜜朗和 QP 妹妹，才总算能够这样思考。说是为上代的咒语所束缚或许有点过分，总而言之，把我从蜘蛛网一般的桎梏中解救出来的人，无疑是蜜朗和 QP 妹妹。

"啊，可以去联售站[1]转转吗？"蜜朗回头说。

"当然了。"

"那也买点笑脸面包吧！"原本有些困倦的 QP 妹妹，忽然精神十足地喊道。

QP 妹妹今天进了小学。因为做了好多不习惯的事，看上去有点累。我也一样，从今天升上了"做妈妈"的一年级。

"想吃笑脸面包的人举手！"

我一发问，三人全都说着"我"，快活地举起了手。不知从何时开始，我们私下会把 PARADISE ALLEY[2] 的红豆面包叫作这个名字。

"不过，我们接下来要去 ZebrA[3] 呢，笑脸面包只能当明天的点心了。"

我这么一叮嘱，QP 妹妹就闹别扭似的，把下嘴唇噘得老高，整张脸就像小鬼 Q 太郎[4]一样。就在我与她相识的这一年里，她的个子长高了不少。

---

[1] 全称为"镰仓市农协联合会零售站"，参见本书前作《山茶文具店》。
[2] 镰仓的一家西点店。
[3] 镰仓的一家餐厅。
[4] 藤子不二雄的漫画作品《小鬼 Q 太郎》中的主人公。

联售站的决胜时间是早晨,准确地说是清晨,到了傍晚几乎就没蔬菜剩下了。正当我担心的时候,蜜朗已经捧着一头大蒜走回来了。他已经结识了不少熟人,与他们打招呼的样子显得很是可靠。笑脸面包也顺利地买到了三个。

"热烘烘的哦。"

QP妹妹满面笑容地抱住装着刚出炉的笑脸面包的纸袋。

刚才还心想着离联售站很近,走到ZebrA的距离却相当长。路很窄,QP妹妹被我们夹在中间,就好像排成一列行走的斑嘴鸭一家子。

ZebrA这家店,是蜜朗从QP妹妹幼儿园同学的妈妈那儿听说的。我在镰仓住了那么久,也不知道安国论寺附近有这么一家店。温文尔雅又性格爽朗的蜜朗,与孩子们的妈妈也能打成一片。

"你好。"

我畏畏缩缩地打开门,很是亲切的老板娘满面笑容地招待了我们。

"我是之前订了桌的守景。"

我紧张地自报家门。从今天开始,我就不再是雨宫鸠子,而是守景鸠子了。我仿佛加入了QP妹妹与蜜朗的小团队,非常开心,也有点害羞。虽然我还没习惯守景鸠子这个姓名,但这就好比一只鸽子在雨后回归森林[1],让人欣喜。

---

[1]鸠子的"鸠"字在日文中是"鸽子"的意思,"雨"代表鸠子的旧姓"雨宫","森"与"守景"中的"守"字读音相同。

我们预约了偏早的时间段，店里一个人都没有。QP妹妹坐在我的身旁，蜜朗隔着餐桌坐在对面。厨房里站着的男人大概是老板娘的丈夫，正做着想想就很美味的料理。

"啤酒有Premium Malt's[1]，好像还有两种镰仓本地的。"我盯着菜单说。

蜜朗嗯了一声，思考了一小会儿，劲头十足地说："今天是好日子，就喝气泡酒吧。"

关于蜜朗有多少存款，每月生活花费多少，我还一概不知。但是从现状来判断，我明白他不可能过得太奢侈。我的想法或许是写在了表情上，被他察觉到了。

"没关系的，今天是特别的一天嘛。"

蜜朗的瞳仁仿佛晶莹剔透的小石子，注视着我。三十好几的蜜朗，已经开始渐渐长出白发。

"说得对。"

今天的确是非常特别。QP妹妹升入了小学，恰逢这一天我们也登记结婚了。从今往后，我们就要作为家人共同前行了。这是新守景家的生日。如此值得纪念的日子，怎么可以不来场盛大的庆祝呢？

两个大人举起气泡酒，QP妹妹则举起时令水果气泡果汁，准备干杯。

---

[1] 三得利的顶级啤酒。

"小 QP，恭喜你升入小学。"

我和蜜朗尽可能异口同声地缓缓说道。而紧接着，QP 妹妹用比我们大十倍的声音高喊道："爸爸，波波，新婚快乐！"

我根本没想到她会忽然说出这种话来，吓了一跳，不禁环顾四周。虽然没有其他客人，但厨房里的大厨与站在柜台旁的老板娘都显出欢快的神情，仿佛从一开始就知道一样，轻轻地拍起手来。

"谢谢。"

我与蜜朗单手举着酒杯，微微道了声谢。接着，一家三口再一次面对面。

"从今往后，就要请你们多多关照啦。我还有好多地方做得不好，说不定会给你们添好多麻烦呢。"

我本以为今晚只是庆祝 QP 妹妹入学而已，没想过会有这种情况发生。但刚才看到店里的大厨和老板娘为我们祝福的景象，总觉得格外开心。能与蜜朗结婚的这种喜悦，就好像气泡酒中的泡泡一样，从我的胸腔中一涌而上，化作泪水溢出。正当我磨磨蹭蹭的时候——

"气泡快跑没了哦。"

蜜朗轻巧地把手帕递给我。我总是这样。在关键的时刻，我总是会忘记手帕。今天的手帕上没有咖喱味，而是散发出只属于蜜朗的气味。

"干杯——"

QP 妹妹再也等不下去了，喊出了声。原来 QP 妹妹一直举着那很重的玻璃杯。气泡果汁里真的装了许多时令水果，就像只豪华的宝石盒子。紧接着，我让庆祝的气泡酒静静淌入喉咙深处。

蜜朗边展开菜单边说：

"听说这里什么东西都好吃。有中餐也有意大利菜，大家想吃什么就点什么吧。"

酒量不怎么厉害的蜜朗已经把半杯多的酒喝光了。

一看菜单，的确都是美味佳肴的样子。老板娘来点单了，蜜朗首先开始点喜欢的菜式。

"ZebrA 沙拉、松软烧卖和自家产油沙丁鱼。"

QP 妹妹点单了："培根芝士鸡蛋意大利面！"

我的视线在各种菜名上来来回回，最后终于下了决心：

"盐炒小虾慈姑莴笋卷，然后是蔬菜满满蟹粉盖饭，请再给我三个烧卖。"

明明刚才还在流泪，转眼间就变得快活起来。

自从邂逅了守景父女，我才懂得了吃饭的乐趣。当然了，我过去也很喜欢品尝美味。但即便是同样的料理，一个人默默地吃，与心爱之人其乐融融地吃，二者的味道也会不同。这世界上没有比被心爱之人与美味佳肴包围更幸福而奢侈的时光了。

"明天必须把结婚的消息通知给大家了。"喝完第一杯，我说道。

"我也来帮忙。"QP 妹妹自告奋勇。

"啊，小 QP，你刚才自称'我'了吧？"我不禁望向蜜朗那边。

"你不是昨天还叫自己 QP 妹妹的吗？"蜜朗也很惊讶。

"原来如此，变成小学生之后，就会自称'我'了吗？"

我完全想不起自己当初是怎样的了。我也有过自称"小鸠"或者"波波"的时期吗？要是问问上代的话，她说不准能告诉我，可这已经不可能了。

我忽然想起什么，在内心中对上代诉说。

我结婚了哦。而且呀，一下子就成了个母亲。

紧接着，很快地——

啊，是吗。

我感觉到一个仿佛是上代在回答我的声音从天而降。

假如上代还活着，她会如何评价蜜朗呢？或许蜜朗能与难伺候的上代自然地相处，大讨她的欢心也说不定呢。

菜肴果然如同众人评价的一样出色。不论哪一样，都是无可挑剔的美味。这称不上是家常菜，可与那些名厨师为炫技所做的，仿佛在一本正经地逼问"味道如何！"的菜肴又不太相同。这种口味，是从 QP 妹妹这样的孩童到大叔大婶，不论谁都会坦言鲜美的普遍口味。QP 妹妹几乎是一个人吃完了整盘意面。

"肚子好饱哇——"

"今天可能点得太多了一些。"

"要是吃不下，就打包带回家吧。"

厚墩墩的砂锅里，还剩了一些蟹粉盖饭。

假如只有蜜朗一个人，我或许就不会和他结婚。可是，正因为有QP妹妹在，我才和蜜朗结婚了。关于这一点，我是很明确的。

我想和QP妹妹成为家人。况且，比谁都更强烈地希望我与蜜朗结婚的人，不是别人，就是QP妹妹本人。

"一点点来吧。"

我或许是有点喝醉了，但头脑中的核心依旧很坚固。

"一点点来？"

我想要把某个重要的想法传达给六岁的QP妹妹，究竟能不能成功呢？QP妹妹全神贯注地注视我的眼睛。

"对呀，让我们一点点，慢慢成为母女吧。一下子太拼的话，中途会很累的，我们都不要勉强自己。"

自从决定结婚，我就一直在思考这个问题。

上代一定也努力过。她一定努力又努力，想要缩短与我之间的距离，做一个像样的"上代"，可我却觉得很难受，所以我决定不这么努力。我绝对不会强行成为QP妹妹的母亲。在我们自然而然、不知不觉地成为母女之前，我觉得一点点缩短距离就好。

难得大厨做了一桌好菜，我不想剩下，于是把油沙丁鱼拼命塞进了胃袋的缝隙中。滋味微苦，是春季的纯正海味。

"今年夏天，大家一起去海边玩吧。"

到时候，也请隔壁的芭芭拉夫人一起去吧。我们登记结婚的事，还没告诉芭芭拉夫人呢。

我当然也明白，婚姻生活绝非轻而易举。今后的辛苦事一定数不胜数。或许有一天我会抱怨——要是没结婚就好了。也许QP妹妹一声"讨厌"就会让我无比低落，也许会因为和蜜朗吵架而彻夜哭泣到天亮，我无法断言这些事不会发生。

但是，仅仅因为有今天，我就觉得能够克服这一切。就像气泡果汁里装得满满当当的水果一样，今天是我人生中的一次嘉奖。

"店里人多起来了，也差不多有点困了，回家吧。"

蜜朗从洗手间回来，直接开始准备回家。桌上的餐盘里虽然还留了一些菜，但基本上都吃光了。

"多谢招待。"

我将双手合在胸前，闭眼念道。QP妹妹也学着我，乖巧地重复了一遍。果然，她跟一年前的QP妹妹已经不同了。就像草木抽枝一样，QP妹妹也向着天空奋力伸展出枝叶。

"蜜朗。"

走出店门，我略带胡闹地喊道。我还是第一次这样开口叫他。借着酒劲，我轻巧地伸出手臂，钩住了蜜朗的手臂。

真是个美好的夜晚。海风好似在抚慰某个人的旧伤，吹得无比温柔。平常很少有机会来海边，现在看来，大海也挺不错的。

在镰仓宫下了巴士，我们向护良亲王报告了成为一家人的好消息。我平日只是在鸟居之下鞠个躬而已，今天却爬上了阶梯，三人并排在社殿之前，喊着"一二三"，一齐奉上了香火钱。接着大家一起摇响铃铛，鞠躬两次。啪啪拍手后，双手合十进行参拜。之后又一次鞠躬，才走下阶梯。

"晚安。"

我在鸟居之下与他们两人道别。

我向左走，蜜朗与QP妹妹向右走去。

我希望至少今晚应该一起度过，可山茶文具店明天还得开门，蜜朗也有店要打理。我们期盼有一天能生活在同一屋檐下，但暂时依旧住在各自的家里，就称此为"近邻分居"吧。我们打算在不产生负担的范围内，先在两家间来往。

"晚安——"

来到转角时，我回头再一次向他们俩呼喊。果然，他们两人依旧站在那儿。在近乎熄灭的晦暗街灯之下，蜜朗拼命地挥着手。

第二天星期六，我花了一整个下午来做结婚告知书。

尽管在上午看店的时候就基本想好了主要内容，可实际制作成形却使我累得几乎昏过去。

我当然知道原因，全都怪我冒出了想亲自尝试活版印刷的点子。

去年年底，有个熟人开的印刷厂因为后继无人而歇业，我从他们那儿得到了一小批活字，于是我打算实际用一用那些活字。

说起来简单做起来难。

我从来没想过挑活字竟然是如此辛苦的工序。

过去的人，都是反复做着如此琐碎的工作，才能把书印出来。一想到这个，我就对所有从事印刷业的人感佩得五体投地。假如是我来做，别说是一页了，恐怕还没完成一行就要唉声叹气了。这工作真是太需要毅力了。

按照工序，首先要挑出所需的活字；接着，将这些活字按照内容排列；最后上墨，印刷到纸上。不过，活字非常细小，做久了眼睛就会逐渐模糊。况且它们与平日所见的文字不同，是左右相反的，很难辨认。

刚开始我还打算规规矩矩地把汉字也加进去，可不是我偷懒，假如要找齐所有汉字，就得找到明年了。

结果我完成了一篇只用平假名印的问候信。而且因为尽可能把冗余的文字都去除了，文章有点索然无味。

总觉得还欠缺一点幽默感啊。正当我为此而烦恼的时候，咔啦咔啦咔啦，移门开了。

"波波，吃点心吧——"

QP 妹妹兴冲冲地跑了进来。不知不觉已经到这时候了。我慌忙停下手上的工作，去玄关迎接 QP 妹妹。

"点心还吃鸽子饼干[1]可以吗？"

我一发问，QP 妹妹就露出笑脸。

---

[1] 镰仓百年老店丰岛屋的招牌点心，是鸽子形状的黄油饼干。

上回给一个女孩去打工面试时用的简历提了点建议,收到了鸽子饼干。附近常来买文具的女士还送了我最大的四十八片罐装。我一个人完全吃不完,正头疼的时候,有了 QP 妹妹这个可靠的好帮手。我已经做好计划,等这罐子吃空之后,就留给 QP 妹妹装文具。

"给你,拿好了。"

我在杯中倒入不多不少的冷牛奶,递给 QP 妹妹。自从 QP 妹妹时常一个人来我这儿玩,我就在冰箱里常备着牛奶。用冷牛奶泡着鸽子饼干吃,是 QP 妹妹近日里的最爱。

"能让我尝一口吗?"

虽然我吃不下一整片,但还是有点想吃甜食。QP 妹妹说"啊——",我就像只雏鸟一样把嘴巴张大等着她。她从尾巴的位置掰下一小块,塞进我的嘴里。

鸽子饼干确实很好吃,有一种温柔的手工制作的风味。据说它在明治时代刚上市时,名字还叫"鸠三郎",实在太搞笑了。三郎,听起来简直就像演歌歌手。

"有没有绘画纸呀?"

QP 妹妹一转眼就解决掉了鸽子饼干,嘴角还沾着碎屑就向我伸出双手。我备好了一些反面还能用的纸,从柜子里抽出一张递过去,QP 妹妹就灵巧地折起纸来。折完之后是架纸飞机。

只是这纸飞机飞起来却不怎么顺利。看到 QP 妹妹艰难奋斗的样子,我也不由得想折个纸飞机了。纸飞机的折法有好几种。

我小时候折过的那种，是将长方形的纸从长边的正中间对折，再展开，接着把下边的两端折成三角形。

折了几下就大致回忆起来了。在这也不对那也不对的反复尝试中，纸飞机完成了。

"折好了哦，快瞧！"

纸飞机的顶端尖尖的，就像日本制造的客机一样。

"好帅呀！"

QP妹妹也给了我赞赏的话语。

我朝空中用力一推，它便飘飘然地飞向了佛龛，真是一次相当优雅的飞行。

接着，QP妹妹也扔起了那架纸飞机。看到这情景，不经意间一个好主意浮现在我脑海。

那就是把结婚告知书印刷在纸飞机上，给他们每家送去一架纸飞机。这个荒唐可笑的灵感，让我暗自兴奋起来。

想想看，假如某一天，邮箱里来了一架纸飞机，你难道不会觉得很开心吗？你一定会感到吃惊的。假如收信人能体会到哪怕一点点喜悦，那这封信就会成为饱含我们微小心意的礼物。

其实我刚才独自默默与活字战斗的时候，就后悔了，心想要是发手机短信就好了。假如发短信，就根本不需要干这些烦人的活，一转眼就能把消息传达出去，既高效，又不花钱。看着总做无用功的自己，我越发叹息自己是个傻瓜。而现在，我正在感叹，有过这种想法的自己才是真傻瓜。

传递结婚的好消息，在人生中可不是能重来几次的事。所以我心想，这时候还是该好好保持身为代笔人的矜持啊。

このはる わたしたちは かぞくに なりました
ちいさな ふねにのり 3にんで うみへ こぎだします
どうか あたたかいめで みまもって ください

（译）

今年春天　我们成为家人
坐上一艘小船　三人一起扬帆出海
请用温暖的目光　见证我们的将来

手头没有专用的固定活字的容器，我便按照一个个短句将活字排在一起，用纸胶带分别捆起来，再把这些短句分散开来，按压在纸飞机展开时刚好能看到的位置。使用活字的时候，需要用不容易干的特殊油性墨水。

刚开始，我想写的并不是"成为家人"，而是"结婚了"。可假如用"结婚了"，就变成只属于我和蜜朗之间的事，表达不出QP妹妹也在其中的意思。我不论如何都想表达包括QP妹妹在内，一家三口启航的意思。于是我换了个思路，改为"成为家人"。

油墨彻底干透之后，我用折纸的方法做成纸飞机。不过，折完就不管的话，翅膀总是会自己展开来，变成一架半吊子的纸飞机。最终我把中部用订书机固定起来了。

同样是订书机，最近市面上也有了不用订书钉的型号，我就用了那种。假如用订书钉，万一扎到手指让对方受伤就不好了。我现在尽可能不用这种订书机。

寄信人一栏，我决定让各人亲手写自己的姓名。最后，以防万一，让纸飞机不至于彻底失踪，还必须写上寄信人的住址。

纸张方面，我选了带点韧性的鲜艳黄色A5纸。这是有点炫目的黄色，是太阳的颜色。黄色是能让人感到希望的颜色。

我不记得自己买过黄色的纸，一定是上代从哪儿收来的，一直保存到现在。纸张有一定的厚度，肯定经得住漫长的旅途。按照重量来算，它符合标准形状规格外邮件的最低收费标准，所以贴上一百二十日元的邮票，就能折成这个形状直接投进邮筒。

我瞧了瞧邮票盒，发现有一百三十日元面额的邮票。这是每年的国际书信写作周期间都会发售的纪念邮票——歌川广重的"东海道五十三次"系列。它最吸引人的就是海景山色格外漂亮。要传达一家人扬帆出航的好消息，这组邮票再合适不过了。面额多了十日元，就当是送份贺礼给一向承蒙其照顾的邮局吧。

我埋头工作，不知不觉就到了傍晚。明天是星期天，山茶文具店的定休日。星期六的晚上，我会和蜜朗一起在公寓过夜，这已经逐渐成了心照不宣的惯例。

我打算先让蜜朗看看样本，这样没问题的话，就能在那边继续做告知书了。我把要用的东西都装进工具箱，刚组合完毕的活字自不必说，还有印台、邮票、纸张、订书机，以防万一，我还带上了用来签名的钢笔。

忽然发觉身边很安静，原来QP妹妹已经去外边玩纸飞机了。

"差不多该去见爸爸啦。"我在她身后喊道。

只见她自己也仿佛成了一架纸飞机，伸展开双手，踩着碎步来回奔跑。明明前阵子还缩着身子一个劲喊"好冷好冷"，现在却跑得如此欢快。芭芭拉夫人院子里的垂枝樱也差不多要迎来最美的时节了。

我和QP妹妹一边玩着格力高猜拳[1]，一边朝蜜朗家走去。

---

[1]格力高猜拳是格力高公司在一个电视广告中推广的猜拳游戏，每局获胜者要喊着口号前进一定步数，先到达终点的最终取胜。

因为老是 QP 妹妹赢，她远得快看不到人影了。即便如此，她还是高喊着"石头！"或者"剪刀！"，继续猜拳。

家里从小就不允许我玩这种游戏，所以我现在或许正在与 QP 妹妹一起重温孩提时代。

正常走只需要花十分钟出头的距离，玩着格力高猜拳却花了将近半小时才迟迟到达。蜜朗与 QP 妹妹一同生活的旧公寓，就建在坡道的中央处。蜜朗在公寓的一楼经营着咖啡店。

经营的状况仍旧很吃紧。全都多亏了年事已高的房东将租金定得格外便宜，蜜朗才能坚持下来。假如这店开在小町，恐怕早就倒闭了。即使是这样，我还是觉得蜜朗好厉害，全因为他既不悲观，也不会老是唉声叹气，甚至可以说是安稳的乐观主义者。这样的人就算是在丛林深处，或许也能心平气和地就地觅食生存下去呢。

因为还在营业中，我跟柜台前的蜜朗只是悄悄交换了一个眼神。今天店里有一对年轻女子和一个男顾客。

沿着外楼梯走上二楼，用蜜朗给的备用钥匙开门入内。这是个带了小厨房、小浴室和小厕所的一居室。为了满足 QP 妹妹想睡双层床的愿望，他们两人分别睡在双层床的上下铺。

佛龛的门今天依旧紧闭着。卧室里的衣柜上摆放着一个小小的佛龛。不知道平日里是否都是这样，还是说蜜朗知道我要来，考虑到了我的心情才这么做。对着关上门的佛龛行礼总觉得有点怪异，结果我并没将双手合十，只是在心中默念了一句"打扰了"。

QP妹妹说要让我读绘本给她听,我便从书柜中抽出一本书,开始朗读。这是个有许多猫咪登场的故事,内容有些艰深,我心想QP妹妹会不会觉得无聊,一看她的样子,却发现她眼神很是认真,盯着猫咪的图画入了神。

读到一半,QP妹妹就靠着我的身子躺下了。她那么柔软、那么温暖,又散发着淡淡的甘甜气味,就好像刚出锅的寿甘[1]团子。

夜晚,蜜朗的咖啡店打烊之后,一家三口才吃到了迟来的晚饭。春天是吃白煮小沙丁鱼的季节。在白米饭上堆满小沙丁鱼,多得几乎摇摇欲坠才开始吃。味噌汤是蛋花汤。蜜朗把午饭剩下的鸡肉丸子也拿出来了,但光是小沙丁鱼就让人很满足了,其他的我都没怎么动筷子。

就算是小沙丁鱼盖饭,QP妹妹在一年前也是会挤上蛋黄酱吃的。可是蛋黄酱对小孩子的身体真的不太好,在和蜜朗商量之后,我们姑且把市面上的蛋黄酱换成了自制的蛋黄酱。

自制蛋黄酱听上去难度很高,实际动手一试就知道非常简单,材料有蛋黄、油和醋,再加点盐调整口味就行了。我特地把它们装进市售的蛋黄酱包装里,再给QP妹妹吃。我想这样一定能让她更放心。为了健康起见,我一向用橄榄油。

---

[1]传统日式点心,使用米粉、水、糖等原料蒸制而成。

和蜜朗开始交往之后，我的生活正在一点点起变化。改变最大的就是饮食。过去我几乎都在外面就餐，现在却开始自己做。一个人吃饭的时候也一样。过去，我会只带上钱包，干脆地骑上脚踏车出门去，可如今我会先打开冰箱门，接着三下五除二地煮起意面，拌上酱汁，在家里吃。如果不是邂逅了蜜朗和QP妹妹，这场面简直难以置信。

当然也因为这么做更加经济实惠。但这些都不是最重要的，关键在于我开始把QP妹妹的身体健康放在第一位来考虑。我想让QP妹妹能放心地吃上安全的食物。

虽然做菜的手艺还在提升中，但相比过去已经有了显著的进步。总而言之，只要能看到QP妹妹吃得很香，我就心满意足了。极端一点来说，光是看到这景象，我就觉得自己的肚子也填饱了。

我一边收拾餐具，一边和蜜朗谈起结婚告知书的事。我们并没打算办婚礼，所以告知书必须足够讲究礼数，这个愿望是蜜朗先提出的。

我在最后才说了纸飞机这个点子。因为我还是有点害怕遭到他的反对。蜜朗偶尔会在一些奇怪的地方显得很保守。他对99%的事物都能灵活应对，可在剩下的1%上会顽固到底。所以我担心他会突然说出"告知书必须方方正正"这种话来。然而我的担忧完全是自寻烦恼。

"一切都交给专业人士啦。"蜜朗把剩下的米饭与小沙丁鱼拌在一起，一边灵巧地捏着饭团一边平静地说道。

把剩下的米饭捏成饭团，第二天早晨烤着吃，是守景家的一大传统。

翌日，吃完烤饭团和味噌汤组成的早餐，我立即开始准备结婚告知书。

"按照蜜朗、我、小 QP 的顺序来签名哦。"

首先是流水线作业式的署名。在签结婚申请书的时候我就隐隐约约地注意到了，蜜朗长得一表人才，字却不尽如人意，写得相当拙劣。

"爸爸的字，好难看——"

还轮不到我来指出，QP 妹妹就皱起眉头。

"抱歉，抱歉。"

蜜朗坦率地道歉了，不过哪怕写了再多张，他的署名还是大同小异。可是，一个人的字并不能反映出他的全部。关于这件事，在花莲小姐那一回，我就明白得清清楚楚了。

当初，花莲小姐说自己是"丑字人"，其实并非如此。字最关键的并非表面上的美丑问题，而是怀着怎样的心意去书写。就像血管中有血液流淌一样，只要你把温度和心愿融入笔迹之中，就一定能够传达给对方。我对此深信不疑。

"只要满怀心意地写好每个字就没问题的。"我一边缓缓地书写着"子"字，一边轻声说。

对蜜朗大发意见的 QP 妹妹倒是十分能干，用最喜欢的铅笔写上"阳菜"的假名，而且不论哪个签名都没写成镜像字。

我和蜜朗商量过，让她在升入小学之前努力练习，才有了这样的成果。虽然偶尔还是会写出镜像字，但不像以前那么频繁了。至少对自己的名字已经能写出完美的正向字。

关于是应该矫正还是维持原状，我和蜜朗曾经认真讨论过。蜜朗在小时候，被强行从左撇子改成了右撇子，所以直到现在也会偶尔搞不清左右，头脑一片混乱。因此蜜朗认为QP妹妹的镜像字也应该等她自然而然地改正。

我却反驳了他。左撇子只会令自己烦恼而不会给别人添麻烦，然而文字同时也是向对方传达思想的手段，无法传达的信息就没有意义，所以镜像字应该趁现在赶快矫正过来，这就是我的意见。最后蜜朗也接受了，QP妹妹掌握了正确的假名书写笔顺。

我在蜜朗之下写上自己的名字。每当写到"鸠"这个字，我就会遐想上代在这个名字中融入了怎样的心愿。名为鸽子，或许代表着把某些东西托付给了这双翅膀，送往远方。这么一想，"鸠子"这个名字越发惹人怜爱了。我还是第一次对自己的名字产生这种感觉。

在所有告知书上签完名，蜜朗立刻去店堂准备开张了。剩下的就由我和QP妹妹来做完。

QP妹妹十分热情地和我一起折纸飞机，进展速度意外地快。黄色纸飞机一架接着一架诞生了。

但是接下来的事情才最棘手。

究竟是写完收件信息再贴邮票呢，还是贴完邮票再写收件信息？这让我烦恼不已。在一切步骤的最后贴邮票，的确是最保险的方式。假如先贴了邮票，一不小心写错了字，还得把邮票撕下来，平添麻烦。

我又回想起来，即便如此，上代也总是先贴邮票。她告诉过我，这样做能将收件信息的字写得更匀称，同时产生一种坚决不能写错字的紧张感。

"该怎么办呢——"我向身旁的 QP 妹妹发问。

"我肚子饿起来了——"

QP 妹妹就像个电池用尽的娃娃一样，啪的一声趴倒在桌面上。

"对不起对不起。"

我完全沉浸在工作中，忘记已经过了这么长时间。我问 QP 妹妹想吃些什么，她回答道："面包！"

"好！那就去 Bergfeld[1] 买面包吧！"

我把蜜朗平时骑的女式脚踏车坐垫调低一些，让 QP 妹妹戴上头盔。不过 QP 妹妹已经不再要求坐在脚踏车后座上，所以骑小脚踏车的就我一个人，QP 妹妹则骑上了自己专属的脚踏车。

"要小心汽车哦。"

---

[1] 镰仓的一家面包店。

沿着巴士走的大路骑其实会更快一些，但交通比较繁忙，于是我们稍稍绕了些远路，从苴柄天神的面前穿过去，走了一条小路。我不知回头确认了多少次，QP妹妹都平安无事地跟过来了。假如QP妹妹有什么三长两短，我一定会活不下去。我好担心QP妹妹，甚至没心情去欣赏盛开的樱花。

在Bergfeld隔壁的香肠店买了两个蟹肉奶油可乐饼、火腿和香肠。在Bergfeld买了两份汉堡面包、两个奶油卷、小吐司，还有蜜朗最喜欢的椒盐卷饼。

对我来说，Bergfeld是我从小就无比向往的一家店。上代禁止我吃甜点心，尤其是西点，这让我对此愈加渴望。

其中的刺猬蛋糕，是我长期以来的单恋对象。现在回想起来只觉得羞耻又内疚——其实我上小学时，放学回家路上经常从店外面凝视橱窗好久好久，而我视线的前方总是涂满了巧克力的刺猬蛋糕。

"波波，'刺猬先生'在那里哦。"

自从QP妹妹这么说过一次后，每当从店前路过，她就会告诉我"刺猬"是不是还在。

长大成人之后，我才终于尝到了刺猬蛋糕，跟我想象的味道很不一样。但是，一看到还是会忍不住想买它，总是选不了其他蛋糕，这成为我现在的一大烦恼之源。

"今天就不用啦。我们待会儿不是还要做点心嘛。不过，要是小QP想吃点心的话，也能买个蛋糕哦。"

这样宠溺她真的好吗？我能说出这种话来，或许是因为我并非她真正的母亲。这样的想法忽然浮现在我的脑海中。可是，即便真是如此，也并不代表我对她足够严厉就能成为真正的母亲。上代不是已经替我验证过这个结论了吗？

"要做点心呢，今天就算了。"QP妹妹稍做思索后答复我。

我们约好了每个星期天的下午要一起做点心。我已经下定决心，只要是QP妹妹希望我去做的事，就尽全力为她去实现。

回到蜜朗的家中，我们就立即做起三明治。从冰箱中取出剩下的土豆沙拉，切好黄瓜，再堆满生菜。我们买到了刚出锅的蟹肉奶油可乐饼，直接摆上餐桌。接着用平底锅把香肠煎到发脆，就完成了。然后只需要把各自喜爱的配菜夹进面包，开吃。

我打开三明治专用的烤制汉堡面包，把挤上酱汁的蟹肉奶油可乐饼单个夹进去。香脆的面包中间，冒着海风香味的浓郁白酱探出头来。

"真好吃呀——"我叹着气说。

"好好吃啊——"

QP妹妹也一样，不安分地甩动着双腿，陶醉不已。QP妹妹把煎好的香肠夹进面包里，做成了一个热狗。

最终，我还是决定先贴邮票。考虑到自己方便的话，最后贴邮票或许会轻松一些，但假如考虑到他人，先贴邮票后写上字迹匀称的收信人信息，才能给他们送去最美的纸飞机。只要我在书写的时候别搞错住址和姓名就行了呀。吃着蟹肉奶油可乐饼，我才意识到问题如此简单。

"小 QP，能拜托你帮我贴邮票吗？"吃完，我一边擦拭散乱的桌子一边询问。

"好——"

QP 妹妹精力十足地举起手来。

我先贴了一张，作为提示位置的样本。

QP 妹妹看着样本，小心翼翼地取过一张张邮票，摆放在舌头上。邮票反面附着的成分为乙酸乙烯酯和聚乙烯醇，据说是没有毒性的。我小时候也一样，喜欢舔一下邮票来贴，所以我非常理解 QP 妹妹的心情。可是如今已经长大，我并不觉得那味道有多好，一两张也就算了，连续舔上几十张，恐怕还是会对身体有什么不好的影响吧？这让我很是担心。

"还是别老用舌头舔比较好哦。"

我姑且劝诫了一句，可 QP 妹妹似乎没听进去。蜜朗在过去就告诉过我，养育小孩的时候，说句"算了"想开一点也是很重要的。所以我也"算了"，得过且过。

话又说回来，想出邮票的人真是厉害。世界上首个确立使用邮票的邮政制度的国家是英国。

在此之前，邮资必须由收件人来支付。然而，邮资往往非常昂贵，穷人就算有邮件送来也付不出邮资，收不了件只好原样退回。

于是这些人想出一种办法，与寄信人事先约定暗号之类的标记，不用打开信封，只需要对着太阳透视，就能看到寄信人写的信息。比如说画个圆圈代表健康，画个叉代表身体欠佳，大致如此。这么一来，就不必支付邮资了。

费了劲把邮件送到却收不到钱，生意就做不下去了。为了解决这个问题，罗兰·希尔这个人站了出来。如今被称作"近代邮政制度之父"的罗兰·希尔，据说原本只是个平头百姓。他就是构思出预支邮资这一制度的人。就这样，从一八四〇年起，利用邮票的邮政制度确立了。

之后，在英国留学时见识到这一制度而大有感触的前岛密，在回到日本之后，也极力促成日本使用相同的制度。一日元邮票肖像画上的那个老爷爷，就是前岛密。日本开始实行近代邮政制度的年份是明治四年（一八七一年），距今已经将近一百五十年。

"必须好好谢谢罗兰·希尔和前岛密呢。"我在最后一架纸飞机上贴好邮票，小声嘀咕道。

最后只需要我把收信人和住址写上去，交到邮局的窗口，纸飞机们就会被众人传递，最终飞到对方的邮箱里。光是想象一下这个过程，就让我兴奋不已。

一脸亢奋的胖蒂来到山茶文具店的时候，刚好是一个落樱尽情飘散的黄昏。

"我终于目击到雷迪巴巴了啊！"胖蒂心直口快地说。

"是吗，在哪里？我也想见她！现在来镰仓了吗？难道说，会在横滨 Arena[1] 开演唱会？"我不由自主地探出身子。

再怎么说，嘎嘎女神也是我一段时间的人生导师呢。

"她走在小町路上哦。不过波波啊，你是不是听错了？不是嘎嘎，是巴巴啦。最近冒出来好多目击情报，我也终于见着啦。是雷迪巴巴。"

"雷迪巴巴？"

"没错，雷迪巴巴。她的背影和雷迪嘎嘎一模一样，不过从前面看就是'巴巴'了。啥，波波你真的不知道吗？这可是镰仓现在最火热的话题啊。"胖蒂用出乎意料的眼神看着我。

"抱歉，好多消息我都不太懂啦。"我辩解似的小声说，"假如是嘎嘎女神的话，一定要去见一面呢。"

我当初有勇无谋，只能变成一个"黑皮辣妹"，其实我想成为的是嘎嘎女神那样的人。穿着喜欢的衣服，化喜欢的妆，随心所欲，过上不必在乎任何人目光的生活。实现了这一切的人就是雷迪嘎嘎。她的本名叫斯特凡尼・乔安妮・安杰利娜・杰尔马诺塔。

"没想到波波你竟然是嘎嘎粉，简直难以想象。"胖蒂目瞪口呆。

确实，在只见过我现在这模样的人看来，我与嘎嘎相差得未

---

[1] 横滨体育馆，常用作演唱会场馆。

免太远了。但她对我来说，仍旧是个很特别的人。

我当"黑皮辣妹"的时候，无处可去而闷闷地在街头徘徊，耳机里用高音量播放的总是嘎嘎女神的曲子。就算我不明白歌里唱的是什么意思，我也毫不怀疑地坚信这些歌是属于我的歌。

与上代互相揪扯着吵架，大多是因为嘎嘎女神。我只要在半夜里播放起CD，上代必定会凶神恶煞地来制止我。

所以假如能见到嘎嘎女神，我想告诉她一句话，一句话就好——是你的歌拯救了我。

不过看来在镰仓出没的这个人并非真正的雷迪嘎嘎，而是很像雷迪嘎嘎的雷迪巴巴。

"我觉得很值得一见哦。在某种意义上，可能比真的还厉害呢。"

胖蒂向我强力推荐，可就算背影再相似，内在依旧是"巴巴"嘛，我对此毫无兴趣。

"反正是个冒牌货嘛。"我不由得把丧气话说出了口。

"啊，别管这个了。我收到纸飞机了哦。新婚快乐！"

胖蒂突然换了话题。

"很吃惊吧？"我还是有点难为情，故作冷淡地回答。

"好意外哦！我也想这么对你说的，可其实完全不出我所料嘛。你自己大概还以为在和小蜜玩地下恋情吧？大小姐，你们早就露馅啦。"

原来如此。不愧是镰仓，隔墙有耳，隔窗有眼，是一片什么事都瞒不住的土地。

"我变成孩子的妈了。"我打趣地说。

"前辈。"胖蒂抛出耐人寻味的发言。

咦?我吃惊地望向她——

"现在怀孕三个月了。"她一下子把嗓音压低,凑到我的耳畔轻语。

"恭喜!"

我不由自主地抱紧了胖蒂的身子。胖蒂今天的胸部似乎比过去更大了一些,越发显眼了。

男爵和胖蒂生的孩子,究竟会长出一张怎样的脸呢?比起我和蜜朗结婚这件事,胖蒂怀孕才是不得了的大新闻。

"不过,暂时要对大家保密哦。"

胖蒂伸出食指放在嘴巴前,直直盯着我的眼睛。

"谁都不会告诉的。"

我答应了她。这个"谁"当中,自然也包括蜜朗和 QP 妹妹。上代早就对我千叮万嘱过,身为代笔人,最重要的就是严守秘密。这个教诲至今都深深扎根在我的身体中。

这个少年出现在山茶文具店的时候,是所谓的黄金周来临之前,某个晴朗的下午。

他的声音就好像是从心底里没绕一点弯路跑出来,无比率直。我一抬头,就看到一个戴着棒球帽的少年站在面前。

"初次见面。我叫铃木多果比古。我有些东西想请您代笔，专程从北镰仓来的。那么，您就是雨宫鸠子小姐了，没错吧？"

比外表显得更加踏实，是还差一点就要进入变声期的嗓音。

他的脸和手脚都被太阳晒得很黑，所以我最初完全没注意到多果比古的眼睛是看不见的。仔细一看，多果比古似乎已经失去了视力。刚才看到多果比古像在摸索着什么而触碰桌角的样子，我才意识到的确如此。

"请来这边吧。"

我摆出一把椅子。

虽然我说了"请"，可他究竟明不明白椅子在哪里呢？这时候，我忽然不知道该如何帮助他了。要是突然触碰他的身体，或许反而会吓到他。

"那个……我可以向声音传来的方向走，没问题的。"我的慌张似乎被他察觉到了，多果比古用沉着的声音说道。

多果比古在摆放着商品的货架之间缓缓前进，朝我这边走来。我只在他坐下时稍稍帮了点忙。

"谢谢你。"

多果比古是个礼节非常周到的少年。

"我这就去给你拿点饮料。有冷的也有热的，想喝哪个？"

听到我的提问，多果比古稍稍思索了一下，用沉稳的口气说道：

"能给我些水吗？刚才一直在走路，有点口渴了。"

我总觉得自己在和一个大人对话。

"要加冰吗?"

"能给我加两三块吗?"

多果比古喝了几口水,我才再次发问:

"那么,你想委托我做什么呢?"

多果比古径直"望"着我的眼睛说:

"我想给妈妈写封信。马上就要到母亲节了,我想把信和康乃馨一起送给她。

"我的眼睛几乎看不见。读书的时候用盲文,想表达什么的时候可以直接说话。所以就算不会写字,平时也不觉得很麻烦。可我还是想像普通的孩子那样,给妈妈写封信。"

光是看着多果比古的模样,就能感受到他的母亲在养育他时倾注了多少爱。

"多果比古,你想给妈妈写封怎样的信?"

听到我的提问,他轻声嘀咕几下说:

"每天为我做便当,非常感谢,之类的吧。还……还有……"

多果比古说到这里语气就含糊起来。

"还有,什么?"

我温和地问他,隔了一会儿,多果比古才支支吾吾地开口说:

"还有……妈妈,她能做我的妈妈,真是太好了。"

我差点忍不住哭了出来。多果比古的脸涨得通红。

她能做我的妈妈，真是太好了。

一般来说，这不是迎来人生的晚年，失去亲人之后，才终于能体会到的心境吗？我就是这样，等到我庆幸上代能做我的祖母的时候，上代已经去世了。多果比古如此年幼就意识到了这么重要的事。

"你的妈妈，很温柔吗？能告诉我是个怎样的妈妈吗？"

有多果比古这样的好少年做儿子，当妈妈的怎么会不心疼呢？

"妈妈生气的时候特别可怕，不过平时都很温柔。到了夏天，会带我去河边抓鳟鱼，还会带我去吃烧烤。不过，就算我眼睛看不见，她也不该老是突然来亲我的脸啦，这个还是饶了我吧。"

多果比古的语气忽然别扭起来。多果比古的妈妈一定是觉得他太可爱，才忍不住想亲上去的吧。

"你的视力状况如何？"

我很确信，就算问这种问题，多果比古也不会在意的。

"可以感觉到太阳的明亮和夜晚的黑暗。所以，我在明亮的地方时，就感觉全世界都变亮了。妈妈一直担心我在阳光里待太久会得热射病或者中暑，但我很喜欢站在太阳底下。"

正如多果比古所说，他就像是被太阳养育成人的一样，身上有一种坚实的健全茁壮。

"多果比古，我有一个建议。"我挺直脊背说。

多果比古一定什么都能看见。什么都看不见，换言之，也许就是能看见一切。所以我挺直脊背的模样也一定映照在了他的心灵之眼中。

"让我来代笔当然是可以的。不过这一次，我觉得是不是由你自己来写比较好呢？就让我来帮助你，你觉得如何？"

我觉得，多果比古本人的字就是最好的礼物。

"我吗？我自己来写信?!"

对多果比古来说，这似乎是个出乎意料的提议。

"当然了，要是你靠自己还写不出来，我一定会负起责任帮你完成的。这封信也没有多长，只要稍做练习，我想你一定能写出来。"

过了一小会儿，多果比古静静地回答："我明白了。"

这一天，我们把信中要写的内容都定好了。多果比古希望尽量多写汉字，还要把字写得小一点。他好像已经可以写出大个的平假名了，不过那就太像小孩子写的了，小学六年级的多果比古表示坚决不要那样。

想写一封符合年纪的信，让母亲看到自己帅气的一面。我窥见了多果比古男子汉的一面，完全成了他的支持者。

我让多果比古明天再来一次山茶文具店，一起练习之后再正式写信。

目送多果比古离开后，我怔怔地望着门外。

林荫中透出的日光下，蝴蝶在飞翔。它们轻盈地飞舞在半空，仿佛在诉说飞翔是多么欢乐愉快。它们丝毫不曾想过有人在注视着自己，那一心一意舞蹈的模样真美。

它们用全身来表达活在当下的幸福。

蝴蝶、多果比古、QP妹妹，他们都一样，生机勃勃地活着。

山茶文具店里有个信笺套装柜台，过去是没有的，大概是从去年春天开始，我逐渐摆出面向成人的商品。当然其中也有小学生能用的可爱信笺，不过大部分的设计都挺成熟的。

你自己就是代笔人，要是大家都开始自己写信的话，生意还怎么做下去？有一次，来买软式钢笔的可尔必思夫人这么对我说过，但其实不用担心。比起这个，我更害怕这世界上的邮筒会彻底消失。假如没有人写信了，或许连邮筒也会被撤去吧。就好比手机普及之后，公共电话就一点点地越来越少了。

该为多果比古选怎样的信笺呢？选个可爱一点的，还是简单一点的呢？我一边想象，一边轻轻用掸子掸去商品上的灰尘。

从上代的壁橱中"出土"的那个古董地球仪，本是作为非卖品装饰在店堂中的，可有个客人再三恳求我出让给他，所以现在已经不在这儿了。空出的位置就摆上了玻璃笔和墨水。山茶文具店的商品中，最昂贵的就是玻璃笔了，由一个日本年轻工匠制作，样貌凛然，每次瞥见都让人不禁挺直脊背。

"你好。"

多果比古与昨天几乎同一时间来到这里。

他站在山茶文具店的入口处,先摘下棒球帽,然后恭敬地鞠了个躬。紧接着——

"请收下这个。"

他递出一枝杜鹃花。

"我家院子里开的。闻到香味就注意到了。它是什么颜色的?"

"是非常漂亮的橘黄色。"

"啊——太好了。"

多果比古展颜一笑。看到这样的笑容,我就越来越坚定地支持多果比古了。气温正一个劲地攀升,想必很热吧。多果比古的额角上不停有汗水滴落。

"谢谢你了。我这就去给你拿冰水来。"

先让多果比古在椅子上坐定,我赶忙从冰箱中取出了冰水。收到的杜鹃花就插在杯子里,摆放在厨房。

"先来选信笺纸吧。"我向一口气喝光冰水的多果比古提议道。

上午时,我就提前从店里的信笺套装中挑选出了这次有可能用到的几款。我把它们在多果比古面前排开。

我把一张张信笺纸递到多果比古手中,让他确认纸的质感和尺寸。至于纸上画的图案和是否有格线,我也尽量具体地说明给他听。

多果比古一次又一次地用手掌抚摸信笺纸表面,用指尖来探查纸张的尺寸。多果比古的记忆力非常好，只要说明一次，就能完美地记住一切。

让多果比古一直犹豫到最后的，是左上角画着三只鸟图案、形状有些不规则的信笺，还有反面是地图的德国信笺。

多果比古再一次用手掌触摸德国信笺。看他的模样，仿佛在从纸上感受着某种重要的事物。

"这是在过去实际用作地图的纸吧？能告诉我是什么地方的地图吗？"多果比古郑重其事地问。

"这个嘛……上面好像有河也有山。"我看着地图回答。

"山？"

多果比古抬起头，手掌依旧抚摸着信笺。接着，多果比古像是在触碰那座山一样，露出陶醉的表情。然后他做了决定：

"就用这个吧。妈妈以前很喜欢登山。她说还爬过外国的山呢。但是生了我之后，就很少有登山的机会了。我倒是希望她能多外出旅行几次。而且另一张上面只有三只鸟，妹妹看到了说不定会难过呢。"

多果比古说着，轻轻摸了摸小鸟图案的信笺。

"我们是一家四口，还是四只鸟比较好。这么定下来没问题吧？"

"当然了。"我说。

他竟然能够这样静下心来，考虑每个人的心情，再选择信笺……多果比古是多么绅士啊！我给多果比古准备了好几张与信笺大小相同的纸来练习。

接着,我领着多果比古到室外的写字台旁。我心想那样写起来会更方便一点,便把平时放在室内用的旧写字台搬出去,做好了准备。

"啊啊,这儿有亮光。"多果比古低声说着,伸出两只手掌,像是要把光芒捧在掌心。

他若无其事地说出的话语,简直就像诗人所抒发的诗句,有着深深的含意。

多果比古做出仿佛在与掌心中的光芒拥抱的动作,嘻嘻笑着。他真的好喜欢太阳。或许他觉得只要在阳光之下就能够看清一切。

据说平假名、片假名和基础的汉字,父亲已经教过他了。多果比古说这是"浴室教学"。进了浴室之后,父亲首先会在多果比古的背上写字,多果比古学会之后,再把文字写到父亲的后背上去。据说就是在这样翻来覆去的过程中,他才练会了一个个字。所以,多果比古要在纸上写出一封信也并非那样困难。

刚开始,我把手轻轻叠在多果比古的手上,带着他一起练习书写。多果比古已经把要写的内容都装进脑海了。

练习了四张之后,多果比古已经基本能靠自己来写字了。字写着写着会逐渐变大,我只在出现这种情况时轻声提醒。

"要不要试着在真的信纸上写写看?"我问道。

听到我的建议,多果比古郑重地点了点头。希望能在太阳下山之前写完。我再一次削好了铅笔,接着把笔尖稍稍打磨圆润,让多果比古用右手握住。

"可以了吗?"

我把手掌轻轻搭在多果比古的肩膀上,他便露出紧张的神色,连着深呼吸了两回。我就这样把手留在多果比古的肩上。

我通过手掌向多果比古传去声援的心意。然后,我只在多果比古快要踏入迷途的时候,才用自己的手轻轻扶住他握铅笔的手。

多果比古仿佛隔着一层眼睑在细细确认一般,每当小心翼翼地写完一个字,就抬头望向太阳。多果比古或许正在从记忆的深处召唤父亲在浴室中写在他脊背上的字。

多果比古的姿势,仿若在用独特的语言与太阳神交谈。

放下铅笔的瞬间,多果比古的肩膀缓缓沉了下去。在练习时写得不怎么好的"我""愿""业"这几个复杂[1]的汉字,在正式动笔时写得都相当出色。

看来他已经在脑海中仔细计算过纸有多大,要写多少字了。下方也并没有多到离谱的空白,名字摆放的位置恰到好处。

"多果比古,你的名字真漂亮。"

我夸奖之后,多果比古只是露出有些害羞的微笑。

我把信纸对折,装进信封。

---

[1]日文中分别是"僕""願""業",比较复杂。

おかあさんへ
　いつも、おいしいお弁当を作ってくれて
どうもありがとう。
　おかあさんが僕のおかあさんで、
よかったです。
　おかあさん、これからはたくさん
山に登ってください。
あと、ひとつだけお願いがあります。
僕は、来年、中学生です。
ほっぺのチューは、卒業したいです。

　　　　　　　多気比古より

译

妈妈：

您总是给我做好吃的便当，非常感谢。

您能做我的妈妈，真是太好了。

妈妈，请您从今往后多爬几座山。

我还有一个愿望。

我明年就是初中生了，

也该从"亲亲脸"毕业了。

多果比古

"给你。"我伸出手。

"要收多少钱?"多果比古一边站起身一边问道。

然而,这样的工作本不应打上价码。反倒是我还想送一份礼物给多果比古来表达感激之情。

"那就只收你书信套装的钱好了。一百日元,不,能付我五十日元吗?"

"这怎么行……"多果比古说不出话来了。

"要给妈妈送一束漂亮的康乃馨哦。"我说。

"谢谢你。"

多果比古率直地道谢之后,从钱包中取出五十日元硬币。我真想在小孔[1]中穿上丝带做成奖章,来纪念这份光荣的工作。

曾有一年的母亲节,我给上代送过礼物。和现在的 QP 妹妹年龄相仿,是小学一年级的时候。

我用从寿司子姨婆那里收到的压岁钱买了一株红色的康乃馨。我当然很期待上代欣喜不已的样子,结果却大失所望。

接过我递出的康乃馨之后,上代盯着花朵看了一小会儿,这么说道——

"我还是更喜欢抚子花。"

---

[1] 五十日元硬币中间有圆孔。

"翻来覆去都是那一句，'母亲节就送康乃馨'，你根本就是被花店的促销手段耍得团团转而已。"

然后，她把包装精美的康乃馨塞回我手里，接着说：

"还给他们去，为这种没品的花付钱，太浪费了。而且反正也会枯的。"

在那之后，我的记忆中只有哭泣了。我哭丧着脸走到附近的花店，哭着说明了情况。

想必店员也能够理解这件事非同小可，便把康乃馨的钱退还给了我。直到现在，每当我路过那家花店门前，都会想起当时的痛苦记忆，难过不已。

但我不知道当时上代就跟在我身后。在给她的意大利笔友静子女士的信件中，她就写了这件事。

上代在信中写道，当初曾为说出那种话而感到悔恨。她似乎从没想过能收到康乃馨。她很惊讶，一不小心就脱口而出，说不要，其实却很高兴。为了掩饰喜悦，为了隐藏害羞，才不经意说出了违心话。

结果，那是我人生中唯一一次给上代送康乃馨。

从那以后，每年母亲节到来的日子，我与上代都假装不知地敷衍过去，仿佛从一开始那天就不存在。

因为经历过这种事，母亲节这个日子总让我觉得很棘手。每当全世界都进入母亲节的热烈气氛，我就感觉只有自己被抛下了。母亲节送不出康乃馨，这种心情大概是不应该存在的。

但多果比古让我明白了，其实这是个无比美好的日子。

黄金周真是忙得不可开交。虽说镰仓每年都这样，可今年的观光客格外多。

有许多顾客也来到了山茶文具店。平时明明都是门可罗雀的，现在究竟是怎么回事呢？顾客接二连三地出现在店堂，左看右看地挑选了许多商品。

虽说挺开心的，但往日在山茶文具店中缓缓流动的空气，像是被台风的旋涡吞噬了一样，让我很是担心。两边都很忙，我就见不到蜜朗了，也很难受。于是我们每晚都会煲上很长时间的电话粥，总算好受一点。

明明住得这么近，却好像在异地恋一样。

芭芭拉夫人忽然出现在山茶文具店的时候，是黄金周最后一天的傍晚。大家明天也该回到工作中去了吧。镰仓的狂热繁荣差不多要恢复平静了。

因为在这几天里接待了太多的人，脸颊和眼眶边的肌肉都有些疼痛，头脑也很是疲乏，我正打算做一杯甜甜的柠檬茶喝。

"波波，你在吗？"芭芭拉夫人悠然的嗓音飘来。

"我这就来。"

我赶忙在茶壶中注入两人份的热水。

收拾掉茶具，急匆匆回到店内，只见穿着一身宽松连衣裙的芭芭拉夫人就站在面前。

"好久不见了。"

真的好久不见了。

上次见芭芭拉夫人,还是冬天的时候。那天很冷,我们一起去大町吃了宽面条。那之后我决定结婚,手忙脚乱的,而芭芭拉夫人也不闲着,家里很久都没人。

"真对不起,好久都没来打招呼。"

"没事没事,我还想,你是不是又和男朋友去哪儿旅行了呢。"

"其实也差不多啦。不过,这回是女人的单独旅行哦。"

"是吗,一个人去旅行呀,好帅呢。"

我话刚说完,芭芭拉夫人就缓缓从口袋中取出了纸飞机。

它大概是在气流中飞过了,翅膀有少许破损。

接着,芭芭拉夫人不紧不慢地说:"恭喜你。要幸福哦。"

"谢谢你。我会幸福的。"我弯腰鞠了个躬。

总觉得,不管有多少人给我祝福,也不如芭芭拉夫人说出的这句话让我内心安宁。

"既然是波波,日子肯定会顺利过下去的。"

就连饱尝人生酸甜苦辣的芭芭拉夫人都这样祝福我了。与蜜朗和QP妹妹组成一个幸福的家庭,才是我对芭芭拉夫人最大的报恩。

"红茶来啦。"

我在茶杯中注入红茶，端给芭芭拉夫人。

接着，我们如同往常，闲话了一些家常。

与蜜朗和 QP 妹妹结合为一家人自然是再好不过了，但对我来说，芭芭拉夫人与家人同等重要。结婚之后依旧住在上代留下的旧屋子里，部分也是因为有她在。

"波波，你很累了吧？"

回去的时候，芭芭拉夫人这么问我。

"大概是真累了。"

我自己一承认，身体就猛地沉重起来。

"法国人不是经常会问别人'Ça va?'吗，意思就是'你好吗？'。大多数时候都是回答'Oui'（好）的。可是，当你精神不好的时候，据说是可以坦率地回答'Non'（不好）的。

"也确实有道理呀。哪有人永远都是精神饱满的嘛。"

"听到别人问'你好吗'却回答说'不好'，虽然需要很大勇气，但是说出来了，自己也许会轻松很多。"我说。

"总而言之，累的时候最要紧的就是睡觉。太勉强自己的话，恶果总有一天会找上门来的。我已经决定永远不勉强自己了。

"波波，红茶真好喝，谢谢你。

"我也累了，回家就睡觉啦。"

就好像在等待芭芭拉夫人从店里走出来一样，外面传来了欧巴桑的声音。仔细一瞧，山茶树下，欧巴桑正半蹲着，一动不动地窥探这边的状况。

它是这一带的无主猫,从今年起会偶尔来我这儿露脸。欧巴桑这个名字,是蜜朗起的。

"欧巴桑,快过来。"

我急忙跑去厨房,取来冰箱里的小鱼干,接着向欧巴桑伸出手去。

警戒心特别强的欧巴桑相当难靠近。

没办法,我只能把小鱼干摆放在文冢前。只见欧巴桑像忍者一样敏捷地叼走了一条鱼干。

它在不同的地方一定有着不同的名字,吃到过不同的东西吧。欧巴桑的肚子已经胀鼓鼓的了。

欧巴桑大概是来跟我宣告夜晚来临了。

我利索地打烊关门,直接蜷曲在沙发上。睡意很快就到来了。

夏——日——将——近——　八十——八夜——
旷——野——山——头——　新叶——繁茂——

八十八夜[1]过后几天,星期六的下午,我与放学回来的QP妹妹一起摘了茶叶的新芽。没想到院子里还有茶树。这还是我从

---

[1] 八十八夜是日本传统节气"杂节"之一,是指从立春算起的第八十八天,据说这一天采摘的新茶为最上等。前文的歌词来自小学生合唱曲《茶摘歌》,描述了在八十八夜采茶的景象。

上代寄给静子女士的书信中看来的。即便知道了，也一直没搞清楚究竟是哪棵。

告诉我哪棵才是茶树的人，还是蜜朗。蜜朗在四国的深山中长大，自然知识很丰富。难得有茶树，我就冒出了试着做一回新茶的点子。

"仔细一点，只摘上面的三片叶子哦。"

我们手捧着各自的笸箩，摘取茶叶上的新芽。

积蓄了一个冬天，茶叶的新芽中充满了丰富的营养，据说这时候的茶就是长生不老茶。在此之前，我一直认为茶叶只能买来。

新芽刚出，转眼间就被摘下，就好比是把茶树的宝宝摘下来了，总觉得特别心痛。顶端的新芽部分与下边舒展的宽阔叶片依然十分柔嫩，它们竭尽全力地抒发出沐浴在阳光中的喜悦，闪闪发光。

我和QP妹妹一片不留地把茶树的宝宝们全摘了。如果我是茶树妈妈，一定伤心极了。所以我在心中反复念唱着"对不起"和"谢谢"。

喜欢拍手歌的QP妹妹从刚才就哼唱起了《茶摘歌》。《茶摘歌》的拍手节奏还是QP妹妹教会我的。不过，光是记住手上的动作就很辛苦了，我总是没法连歌词一起装进脑袋。

"差不多就到此为止吧。"

我的笸箩和QP妹妹的笸箩中，都装满了茶叶的新芽。

回到厨房中，我又看了一遍上代信中所写的茶叶制法。

我根本不知道家中有茶树，也不知道上代还曾自制过茶叶。

静子えへ
こちらは日に日に風が冷たくなり、そろそろ、お茶の花が咲く季節となりました。静子えんは、お茶の花をご覧になったことがありますか？私は、お茶の花が大好きです。秋になると、白くて小さい、椿みたいな花が咲くんです。
おいしいお茶を作るためには、葉っぱが大事ですから、花は切ってしまった方がいいんですってね。でも、私はなかなかそれができません。かわいくて、つい甘やかしてしまうんです。
イタリアにも、お茶の木はありますか？もし見つけたら、ぜひ作ってみてください。発酵させる手間はかかりますが、紅茶だってできますよ。でも私は日本人なので、やっぱり緑茶党ですが。
忘れないうちに、作り方をざっとメモしておきます。

来春、機会があったらぜひ！自家製の新茶の味は格別ですヨ。

《お茶の作り方》
一、一芯二葉をつむ
二、洗わずに、セイロで少量ずつ蒸す。（だいたい30秒から1分の間）
三、いい香りがしたら火を止め、筑に広げてウチワであおぐ
四、フライパンで空煎りする（弱火でじっくりと）
五、ある程度水分が飛んだら、まな板の上に移して、両手でもむ（火傷に注意！）
六、四と五を交互に繰り返して、完全に水分を飛ばす
七、乾燥させて、できあがり

カシ子

静子：

　　我这儿的风日渐变凉，又到了茶树开花的季节。静子，你见过茶树的花吗？我非常喜欢。一到秋天，茶树就会盛开白色的小花，有点像山茶花。

　　要做出鲜美的茶来，叶片是至关重要的。人们都说把花事先剪掉会更好，可我怎么都剪不下去。我太喜欢它们了，不忍心伤害它们。

　　意大利也有茶树吗？假如见到了，请一定要试着制一次茶。虽说发酵很费工夫，但能做出红茶来呢。不过我毕竟是日本人，自然是绿茶派的。

　　趁我还没忘记的时候，把制茶方法简单地记录下来吧。

　　来年春天，有机会的话一定要试试！自家制作的新茶，味道格外香哦。

【茶叶制法】

一、摘一芯二叶；

二、先不洗，一次取少量用蒸笼蒸（三十秒到一分钟）；

三、香气飘出时即关火，在笸箩中铺展开，用团扇扇风；

四、用平底锅空炒（文火慢炒）；

五、水分蒸发至一定程度后，转移至案板上，用双手揉搓（小心烫伤）；

六、反复进行第四与第五步，直至水分完全蒸发；

七、晾干后，完成。

点心子

我按照上代所写的步骤，又是蒸又是空炒、揉搓，搞得热火朝天，连 QP 妹妹也有样学样。她忍着手掌被烫得通红，想要把茶叶都压平似的来回揉弄。

QP 妹妹玩到一半就腻了，跑外边跳绳去了。听到跳绳的声音，芭芭拉夫人向 QP 妹妹打了招呼，QP 妹妹便又去芭芭拉夫人家玩了。芭芭拉夫人和 QP 妹妹的关系特别好。

"一二三，一二三，哟咿哟咿哟咿！"

两人好像又玩起了拍手歌。我配合着她们歌声的节奏，用木铲翻动平底锅中的茶叶。茶叶已经相当松散了。回过神来，整个屋子里都飘满了馥郁的香气。

明天还要去摘艾草，我和 QP 妹妹约好了一起做艾草团子。自家制的煎茶，就是为那时准备的。

第二天，在蜜朗家吃过早饭之后，我就和 QP 妹妹一起出门去摘艾草了。艾草根本不用找，前往瑞泉寺方向的山坡上就长了许多。我们要尽量选择刚发芽的新鲜艾草来采摘。

接着又回到我自己家做了些那不勒斯意面。到了下午，才和 QP 妹妹正式开始做艾草团子。

在土锅里煮上红豆，又在旁边的小炉子里用滚水焯艾草叶。眼见着滚水染上深深的绿色，仿佛把春天都凝聚在一锅之中。舒爽的香味弥漫开来，就好像置身于森林中。

不时有柔和的风从敞开的窗户轻吹进来。后山上，悠闲的黄莺鸣叫着，尽管还远远称不上悦耳动听，但到夏季来临的时候，它们一定能叫得更加婉转。

QP妹妹穿戴上儿童用的围裙和三角巾，心情很快活，从刚才就哼着歌，是《雪绒花》。QP妹妹开心时，就肯定会哼起这首歌。她本人一定没意识到，是无意识地哼唱。说不定QP妹妹的母亲，在她年幼的时候就唱给她听过。

我听着QP妹妹唱的《雪绒花》，把刚摆上笸箩的艾草拧去水分，粗略地剁碎，装进擂钵中。

"能帮我一下吗？"

我正打算让QP妹妹帮我按住擂钵，可是——

"让我来！"

她说着就抓起了研杵。咚、咚、咚，QP妹妹像在打年糕一样，双手抓起研杵就往擂钵底上敲。她刚好是什么都要亲手尝试一下的年纪。我在里面又加上了糯米粉和绢豆腐，捣到一半就直接上手拌匀。

等红豆沙煮好之后，我们两人搓起团子来。手掌合在一起，让团子在其中滚动，最后压成略扁的形状，用大拇指在中央按一个凹坑，据说这样做能更好地让里面受热。

把搓好的团子丢进滚水中，片刻之后，团子就轻飘飘地浮到了热水的表面。

QP妹妹说自己也想来，我便让她站上踏台，递给她一个漏勺。

"浮上来之后就捞起来哦。"

听到我的话，QP妹妹就露出认真的眼神，全神贯注地盯着锅里。与去年夏天去捞金鱼时的表情一模一样，实在好笑。

像这样腻在一起度过星期天的日子，今后一定会越来越少的。交到了要好的朋友的话，还是和朋友一起玩更愉快。说不定有一天她会顶撞我说："再也不做什么点心了！你自己一个人做吧！"

我自己曾经也是这样，所以我不会把当下这个瞬间看得理所当然，我要时刻都怀着对神的感激之情来生活。

我去叫芭芭拉夫人，可她似乎不在家，于是只能两人一起吃点心了。

我把昨天做的煎茶倒进茶壶，毕恭毕敬地注入热水。趁水汽蒸腾的时候，用白色小碟子，分别盛上艾草团子。这是正月时从元八幡大人那里得来的小碟子，其上有仙鹤纹样。

咕嘟咕嘟咕嘟，从茶壶将茶水倒入茶碗，一股妙不可言的深邃香气冒了起来，就连空气都被染上了淡雅的绿色。

"真好呀。"

我感叹地小声说。

"真好呀。"

QP妹妹也和我一样眯起眼睛，满脸陶醉。接着我们都乖巧地说了句："我开动了。"

先喝一口煎茶。

脑海中浮现出的是上代写过"非常喜欢"的茶花。这煎茶的味道仿佛花一样，带着微微的甘甜，是一种没有棱角的圆滑滋味。

"真好喝啊。"我感慨万千地说道。

"团子也很好吃哦。"QP妹妹的嘴里塞满了艾草团子，鼓起腮帮说道。

"要好好嚼碎了吃哦。"

我的口气变得像个母亲一样。或许是因为QP妹妹把搓泥巴的窍门用在捏团子上，所以效果相当好。艾草团子厚墩墩的，呈现出复杂的风味——强劲且带着大地气息，我几乎不敢相信那么简单就能做出来。不论是煎茶还是艾草团子，都能从身边获得原材料，真让人惊讶。

傍晚，我把要送给蜜朗的艾草团子装进QP妹妹的书包，她一蹦一跳地踩着小碎步回去了。

到了明天，又一个星期就要开始了。星期天明明还没结束，我却已经迫不及待地想到下一个星期天了。不过，在这一个星期里好好想想下一次要做什么点心，也别有一番乐趣。

和蜜朗结婚真是太好了。

第二天早晨，我发现邮箱里有一个没贴邮票的信封。我像往常一样，打扫完店门口，给文冢换好水，不经意向邮箱看去，发现里面装了些东西。我心想，莫非是她？取出一看，果然是QP

妹妹给我的。

我和 QP 妹妹的笔友关系持续过一段时间，但这半年左右暂停了下来。我等不及了，站在原地就拆开了信封。我熟练地剥开兔子图案的贴纸，从中取出一张手工做的卡片。

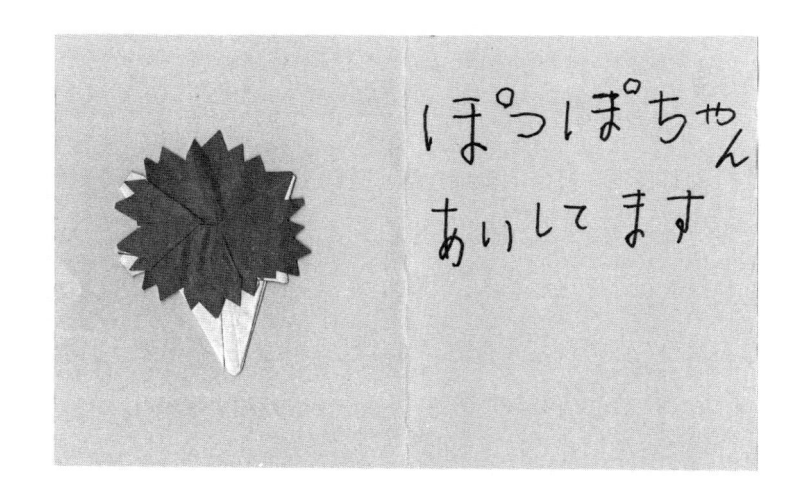

> ぽっぽちゃん
> あいしてます

🈶

小波波
我爱你

"爱"这种词，她究竟是在哪儿学会的呢？卡片的左半部分上，还贴着一朵折纸做的康乃馨。

我的泪水不由得溢了出来。原来她真的把我放在"母亲"的类别中，让我喜不自禁。对呀，昨天是母亲节呀。

我实在太开心了，就把 QP 妹妹送给我的卡片炫耀似的摆放在佛龛旁边。光靠它我就能活下去了，就好像一点点配菜能下好多米饭一样，只要有这张卡片，今后不论有多么辛苦，我都能坚持过每一天。这是我由衷的想法。这张卡片，就是我人生中最鲜美的配菜。

蓦然回首，芭芭拉夫人家的紫阳花已经开始显出色彩。不能再浑浑噩噩了，如果不把眼皮用力抬起，看个真切，或许就会错过人生中按下快门的良机。

意式冰激凌

闪闪发光的人生

横须贺线的铁轨旁，盛开着雪白的蜀葵花。在我小时候，花开得更多，在一位老奶奶的照料下，每年都盛开得无比美丽。可是，自从不见了老奶奶的身影，花的数量也变少了。但即便在老奶奶去世后，雪白的蜀葵花每年依然像这样盛放着。

我毅然决定，从今年六月起，让山茶文具店的定休日增加一天，星期一也休息。也就是从星期六下午开始，星期天、星期一都休息。当然了，收入也会相应地减少，可不能高枕无忧。不过这是我自家的门面，日子总能过下去的。

我想跟蜜朗和QP妹妹共度周末，然而要去买些东西时，总因为镰仓人太多而一筹莫展。

细细一观察，就发现星期一没多少客人来，其他店铺也有不少是在星期一休息的。

说是休息，也并非整日无所事事。我可以做些家务，思考店里的事务，代笔的工作也需要一段精力集中的时间。

最近，前来委托我代笔的新顾客增加了许多。别看我这副闲散的样子，要做的事早就堆成了山。

于是星期一的早晨，我骑上脚踏车，赶着开门的时刻来到岛森书店。我来是为了买一支新毛笔。

车站前的岛森书店虽是书店，却也在一角设有文具专柜。文具店的店主跑出去买文具，实在匪夷所思。山茶文具店里确实有软式钢笔，但从没有传统毛笔的存货。我不知道明确的缘由，总之从某个时期开始，上代就彻底不放毛笔上架了。

我急忙来买也是有原因的。因为从今天起，QP妹妹就要开始练字了。

就像我从六岁六月六日[1]踏入书道一样，QP妹妹主动提出想要用毛笔来写字。我似乎也是许多次看到大人练字的身影，才产生了兴趣。

我自己并没有刻意强求QP妹妹去练字。

倒不如说，芭蕾也好，游泳也好，算盘也好，特长班也好，我想让她喜欢什么就做什么。然而QP妹妹主动提出了想要练字。对QP妹妹来说，今天就是她的六岁六月六日。

难得骑脚踏车到镰仓站，我就多走了一段，在Yukkohan[2]买了便当。过去它是独门独户营业的，现在搬到了临近的公寓一楼。

告诉我Yukkohan这家店的是芭芭拉夫人。它只在每星期一、二、三营业，今天总算成功买到了。以前都是芭芭拉夫人偶尔买

---

[1] 日本的传统文化中，认为儿童从六岁六月六日起练习传统技艺，长进最快。这个说法来自室町时代能乐大成者世阿弥所著的《花传书》。

[2] 镰仓的一家便当熟食店。

来，分给我一些。

有姜汁烤猪肉、海苔炸青花鱼、番茄酱西葫芦炒鸡肉、煮什锦蔬菜，还有卷心菜番茄奶油芝士沙拉，等等。

看到大碗中装满了各色料理，肚子忍不住叫了起来。让我空腹时见到这些美味佳肴，太过分了。种类实在太多了，我都下不了决心要挑哪些，就麻烦店主给我挑了一些。

顺道去纪伊国屋买了一袋常喝的京番茶，继续往八幡宫的方向走。不知不觉间，新店铺又增添了不少。

回到家中，把早晨沏的京番茶重新热上，吃起便当来。我边吃边思索起今天内必须完成的一封代笔信。

那个女人出现在山茶文具店的时候，是上个星期五临近打烊的时分。那个自称叶子的女人，整张脸都紧绷着，一眼望去就能看出是来请求代笔的客人。不，准确地说，她的表情更像是般若。在面无表情的背后，弥漫着一股烟霭般静谧的怒气。

"我想请您代我丈夫写封信给我。"叶子小姐面无表情地说。

她的眼睛没有望向任何方向，仿佛在注视着茫茫宇宙中的一片漆黑。听说叶子小姐的丈夫前阵子刚离世。

"总而言之，真是个过分到极点的丈夫。家里的事一概不管不顾，只知道自己风流快活。

"明明有年幼的孩子，还对在公司兼职的女人出手，搞得被开除。从那时开始，我就外出打小时工支撑家用开销了。结果呢,他自己一个人在交通事故中干脆地死了。

"直到最后的最后,依旧是个十足的窝囊废。"

叶子小姐淡淡地说道。她时不时会用控诉般的眼神盯着我。

"我完全哭不出来。

"丈夫都死了,我本应该更加伤心一些的。

"但是,我对丈夫的愤怒难以遏制,连伤心都抒发不出。要是丈夫这就出现在我面前,我都想不顾一切地揍他一顿。"

一想象叶子小姐胸中的郁愤,我也感到无法忍受。

"您想让先生给您写一封怎样的信呢?"

我尽量用不扰乱叶子小姐心绪的口气,径直提问。

"想让他道歉。

"只要他能好好承认自己的过错,就足够了。

"很快就要到末七了。要是不在这之前解决,我感觉今后会活不下去。

"现在我痛苦极了,晚上也睡不着。"

叶子小姐看上去真的很痛苦。

"您有先生的照片吗?"

听到我的提问,叶子小姐说了句"只有这个",从信封里取出一本护照。

"因为手头没找到丈夫的照片,所以遗照也用了这个。"

大概是因为她丈夫经常要到海外出差吧,我翻了几页,发现许多印章的痕迹。

最后的"持有人信息栏"中,字迹一丝不苟,就好像是这位丈夫微微蹙着眉头写出来的。有姓名、住址和电话号码,下面的"紧急联络人"一栏中写着叶子小姐的姓名。

"就这里的部分,能让我复印一份吗?"我谨小慎微地问道。

"反正我也不需要了,就放在你这儿吧。"叶子小姐用事不关己的口气回答。

"我明白了。那就先由我保管吧。"

在那之后,我又问了些她与丈夫结识时的情况。不过,叶子小姐直到最后都没喝一口茶。我忍不住想,一定是因为出离愤怒,原来的叶子小姐像是被五花大绑了起来,一点都无法动弹了。

我必须在今天之内写完这封信。哪怕早一刻也好,一切都为了尽快将叶子小姐从怒火中释放出来。

"我回来了!"

QP 妹妹回来了,我暂且切换了头脑中的状态。

"欢迎回家——"

来到玄关入口,只见戴着帽子的 QP 妹妹就站在三合土的正当中。酒红色的书包对 QP 妹妹来说,还是有些偏大。

"在学校过得怎么样呀?"我主动提问。

"今天的伙食有印尼炒饭哦!"

目前对 QP 妹妹来说,最大的期待就是用餐时间了。

我在榻榻米房间里摆出长桌，做好了练字的准备。两人并排正坐后，先开始磨墨练习。

除了毛笔之外的工具，全都用了我余下来的。我不由得想起与上代一起练字的情景。QP妹妹的身影与当初的自己重叠了起来。

"要一边让心平静下来，一边磨墨。"

平日里不管我说什么，她净爱胡闹，今天却一言不发，埋头在磨墨的步骤中。她还是个孩子，力量毕竟不够，墨水总也不变黑。中途我问了好几次"要不要帮你"，她却坚持要自己来，紧握墨块不松手。等到墨水总算变黑时，QP妹妹的右手也彻底被染成纯黑色了。

洗完手之后，再次回归正坐，终于到握笔的时候了。我心想至少毛笔该要支新的，才专程买回来。我在QP妹妹身后做出立膝的姿势，轻轻将自己的右手叠在她的右手之上。接着，一口气画了个圆圈。

假如是上代，一定不会用这种教法。我在一开始练习的是画小圆圈，但我就是喜欢画撑满半纸[1]的大圆圈。

既舒畅，又有成就感。况且不管是什么人来画，都挺像模像样的。这就是圆圈的好处了。

只是手把手地教了一次，QP妹妹就完美地掌握了画圆的技巧。

"你真是天才呀。"

---

[1] 大号杉原纸（全纸）裁为一半即半纸，宽约25厘米，长约35厘米。

我一表扬，QP妹妹连呼吸都急促起来。我决定在她身旁久违地练几个字。

首先，试着在半纸上写出自己的姓名。

> 守景鸠子

在今后的人生中，我不知还要写上几千次几万次。每写一次，"守景鸠子"这几个字就会变得更浓重一些。

当然，我也有担心。毕竟我与蜜朗的邂逅就是一次偶然。因为我偶然走进了蜜朗经营的咖啡店，才与他相识了。像我这样，只靠着眼前人来累积自己的幸福，真的不会有事吗？话虽这么说，但让我去结识全世界的人，和他们聊天、约会，再选出"世界上最合适的人"，就更不可能了。发生在我身上的事，便是偶然化作了必然，才让我能与QP妹妹像这样一起练字。

我换上一支小笔，接着练习书写自己姓名的小字。

埋头写了一会儿，忽觉有一股甘甜的香气轻柔地拍打我的肩膀。不知是哪边的院子里，栀子花盛开了。

"这香味真好闻。"

我边说边向 QP 妹妹看去，只见半纸之上已经天翻地覆。圆圈之中居然还玩耍似的画上了眼睛和鼻子。

译　守景阳菜　守景阳菜

"哎呀呀……"

这时候多亏了没有上代在。要是这事被她知道，肯定会被恶狠狠地瞪上一眼。

"是笑脸面包哦。"

QP 妹妹满面笑容。没错，不管是 QP 妹妹还是半纸中央的笑脸面包，笑都是最棒的表情。笑脸面包恰如其分地体现出了 QP 妹妹现在的心。

"不能胡闹"或者"毛笔不是玩具"这种话，我要是想说，多少句都能说出来。可就算把这种无谓的话语说出口，也不会有人因此而获得幸福。越是细看，越是觉得 QP 妹妹画的笑脸面包很有气势，仿佛现在就能听到它的笑声。这个笑脸面包肯定只有此时此刻才能画出。况且它是圆的，圆相即是一幅出色的禅画。据说禅画能表达出宇宙与整个世界、真理与悟道的境界。

看着 QP 妹妹的笑脸面包，我也想画一幅圆相了。

我展开全新的半纸，让毛笔充分吸取墨汁。接着，我闭上眼睛，沿着顺时针缓缓画出圆形。睁开眼睛后，圆形占满了整张半纸。

"今天的练习就到此为止吧。"

久违的练字，让我在站起身时感到腿脚一阵酥麻。平日里的代笔工作，都是在山茶文具店里用作柜台的书桌上，或是坐在椅子上就着厨房的餐桌写，所以我都忘记在榻榻米上正坐是什么感觉了。QP 妹妹反倒若无其事地走开了。

我用胶带把 QP 妹妹画的笑脸面包贴在了玄关处。从外面回来时，第一眼就有这张笑脸迎接，该有多开心啊。

又不知从哪里飘来了栀子花的香味。无比轻柔，不发出一点脚步声，沉稳端庄地飘了过来。

练字之后，和 QP 妹妹一起吃了点心，又休息了片刻。今天早晨，居民板报传到门口时，我还收到了些长谷那边的力饼。力饼容易变质，做了太多的时候，他们就会分发给街坊邻居。

之后，QP妹妹要回蜜朗家。我把分赠的礼物再分赠，让她给蜜朗也带了一些力饼。

把餐桌收拾干净之后，我终于排列出一整套代笔工具。我再一次浏览了叶子小姐的丈夫所留下的护照最后一页。我从她丈夫一丝不苟的文字中，想象出他的为人。

叶子小姐说，两人是学生情侣走向婚姻的。他们同属一个社团，似乎是叶子小姐的年级更高。或许在不知不觉间，丈夫便产生了依赖叶子小姐的习惯。他把叶子小姐的默默忍耐错当成了容许，继续得寸进尺。

听说车祸发生时，那个女人也一起在车上。这位先生没有任何值得同情的余地。

自己一个人干脆地死了。不觉得太任意妄为了吗？

每当想起叶子小姐的话，一股愤懑难耐的感觉就油然而生。

我必须为她做点什么。怒火盘踞在叶子小姐的胸口，缠成一个难解的疙瘩。我要让它融化，化作悲伤的泪水流走。

要是坐视不管，叶子小姐的人生就未免太哀怨了。人绝不是为了背负那种苦难而降临到世上的。更何况，与一个时刻满腔怒火的母亲在一起，孩子也太可怜了。

反复推敲几回，终于正式写信的时候，太阳早已下山。我挑选的笔是Bankers，据说这是过去银行常用的笔。

葉子、悪かった。ふがいない夫で、ごめんな。
こんな結果になって、本当に本当に申し訳ないと思っている。
謝まって許されることではないけど、今、とても後悔している。
夫らしいことも、父親らしいことも、何ひとつしてこなかった。
その罰が当たったんだな。自分でも、本当に情けないよ。
お願いだ、今すぐとはいわないが、いつか、再婚してほしい。
そして、今度こそ、幸せな結婚生活を送ってほしい。
俺とは正反対の、良き伴侶と出会えることを、祈っている。
そしていつか、俺の悪口を、娘と笑顔で語ってほしい。
俺のこと、いっぱいのしってくれ。
最後に、今まで本当にどうもありがとう。
こんな自分を最後まで見捨てずにいてくれたことに、心から
感謝している。苦労ばかりかけて、本当に悪かった。

> 叶子,对不起。我是个没出息的丈夫,抱歉。
> 变成这样的结果,我真的觉得很对不住你。
> 这不是道声歉就能得到原谅的事,但我现在非常后悔。
> 身为丈夫的职责,身为父亲的职责,我一点都没尽到。
> 我是遭了报应啊,连自己都觉得没脸见人。
> 我有个请求,虽然不是立刻,但希望你有一天能再婚。
> 下一次,希望你能过上幸福的婚姻生活。
> 我祈求你能邂逅一个与我截然相反的优秀伴侣。
> 希望有朝一日,你能和女儿一起笑着数落我。
> 尽情地痛骂我吧。
> 最后,一直以来真的谢谢你了。
> 直到最后,你都没有抛弃这样的我,我由衷地感谢你。让你如此操劳,真的对不起。

我放下笔。这支笔已经停产了,再也买不到了。生命也是一样,一旦死去,就再也无法恢复原状。

究竟要不要在文末写上"我爱你"这样的词句呢?我一直到最后都很犹豫,终究还是没写上去。假如我身处叶子小姐的立场,事到如今丈夫再来说这句话,反倒让人觉得假惺惺的,恐怕会重燃起怒火来。

我只希望叶子小姐能悲伤流泪而已。不能显得太过刻意。如果情绪过于饱满,反而会遭到当事人的冷遇吧。我不由得期盼叶子小姐在读了这封信后,哪怕只有一滴,也一定要流出眼泪来啊。

今年的镰仓也开始时不时地出现蜈蚣了。虽然根本不值得自夸,但镰仓还真是蜈蚣的宝库。不知是真是假,据说镰仓是日本蜈蚣最密集的地带。这里湿气很重,对蜈蚣来说就是最棒的乐园吧。

但是发现了蜈蚣绝对不能一脚踩死。要是踩烂了,它会发出一种向同伴求救的信号,反倒让蜈蚣越聚越多。此外,蜈蚣基本上是一对对生活的。有一条蜈蚣就代表一定还有另一条在附近。

因此,镰仓的铁则就是在触手可及的地方准备好夹蜈蚣专用的大镊子。

上代能用一次性筷子灵巧地夹起蜈蚣,将其活生生地丢进烧酒瓶子里,泡成蜈蚣酒。被蜈蚣蜇到的时候,这酒就是特效药。

不过,一般的办法就是浇上热水或者浸入热水,让它断气就好。每年的情况不同，有的年份蜈蚣泛滥，有时候就比较少，会上下波动。基本上来说，这个时期注意提防蜈蚣是不会有错的。

穿鞋的时候，要确认里面没有蜈蚣。准备洗衣服的时候，要好好抖一抖，确认蜈蚣没藏在衣物里再丢进箩筐。被蜈蚣蛰到就太迟了。

从去年到今年，我都啰啰唆唆地反复叮嘱过蜜朗，可他终究还是被蜈蚣蛰了。

中招的地方是屁股。他说早晨在穿平角裤的时候，臀部突然剧痛，一条蜈蚣从里面爬了出来。光是想象这一幕就让人毛骨悚然。不过，万一蛰到的不是屁股而是前面，就更悲惨了。真是不幸中的万幸。

听蜜朗在电话里的口气，已经疼得满地打滚了。实在没办法，我把上代泡的蜈蚣酒从容器中倒了一些在瓶里，然后竞走似的小跑到蜜朗家。

蜈蚣酒看起来挺恶心的，以前有好几次都想把它扔了，可毕竟也会有这种意外，果然留着是对的。必须好好感谢上代。

"所以我才说，一定要小心嘛。"

我边给伤口涂上蜈蚣酒，边对蜜朗说教。伤口红肿不堪，让人心惊肉跳的。还好被蛰到的不是 QP 妹妹，而是蜜朗。这句真心话要是被本人听到了，大概会伤心吧。QP 妹妹今天依旧精神百倍地去吃学校伙食了。

"真丢人。不过好疼。"

蜜朗露出难为情的样子，同一句话不知说了多少遍。这副模样被新婚妻子看到了，似乎让他感到羞愧难当。

不过结婚这件事，或许原本就是要把自己羞耻的部分袒露给对方。要是我的屁股被蜈蚣蛰了，能依靠的也只有蜜朗一个人。所以这种时候就彼此彼此了。

把蜈蚣酒送给蜜朗之后，我又赶忙返回家中。就快到开店的时候了。多亏蜜朗就住在附近。

然而日后想来，这次的蜈蚣事件纯粹是一个预兆。因为从那天下午开始，山茶文具店中就出现了一个比蜈蚣还难对付好几倍的对手。

那个女人走进来的时候，我的心情一下子变得阴云密布。

那时我刚巧在计算前一天的营业额账单，所以没能立刻抬起头看。我敲打着计算器直到账单告一段落，忽地感到一股莫名其妙的不舒服，抬起头来，只见货柜的另一边有个银发女人的背影。我一下就明白过来，她是雷迪巴巴。

大概是察觉到了我的目光，雷迪巴巴转身面向我。

她从正面跟从背面给人的印象确实截然不同。

背影明明像个十几岁的"辣妹"，正面却是个上了年纪的大妈。偶尔也会在电车之类的地方见到穿着迷你裙故作年轻的中年女人，可雷迪巴巴明显已经超越了故作年轻的范畴。

正当我瞠目结舌的时候，雷迪巴巴脚踩着噌噌作响的高跟鞋，向我走了过来。接着，她站在我面前，突然说了这么一句话：

"借我点钱。"

一瞬间，我有点无所适从。

"钱？"

看她这模样，也不像是丢了钱包正在左右为难。她肩膀上还背着一个不知是真是假的LV手提包呢。我的心脏怦怦直跳。还好除了雷迪巴巴之外就没有其他客人了。

雷迪巴巴的身体每动一下，就散发出廉价香水的味道，让人越来越不舒服。

"一千日元左右的话，倒是可以借您。"

她姑且算是个顾客，我只好先答应她一句。假如她真的没钱，很为难的话，至少该给她回家的交通费吧。

接着——

"你在说什么傻话呀！一千日元怎么可能足够呢？又不是给小孩的零花钱！"雷迪巴巴喋喋不休起来。

这种情况说不定报警比较好。再跟她耗下去，搞得舞刀弄枪起来，麻烦就大了。

"请您稍等一会儿。我去给您准备饮料。"

正当我边说边起身的时候——

"你不知道我是谁吗？"雷迪巴巴猛然把脸凑到我面前说。

这冲击力太可怕了，我忍不住把脸背了过去。雷迪巴巴的睫毛已经用睫毛膏涂得像羊栖菜一样粗了。

我不说话，雷迪巴巴就继续说：

"连母亲的脸都认不出来，真是个冷酷的女儿呢。"

"母亲？我不知道你在说什么。我没有母亲。"

我尽可能冷静地回答她，心中却已经慌张起来。

"忍着肚子疼把你生下来的可是我啊。你就这么忘了可不行。现在妈妈要问你借点钱呢。"

"别开玩笑了。没钱借给你。请回去吧。"我回想起自己曾经也是个不良少女，聚集起浑身的勇气说道。

但非常可悲的是，我的魄力与雷迪巴巴相比，根本就望尘莫及，音调明显虚高起来。

"你在装什么乖乖女呀。别以为能逃出我的手掌心！你这不孝女！"

究竟谁是不孝女啊！我还想说这句话顶回去的，可又怕她报复，只好闭嘴。

雷迪巴巴一走出店门，就铆足全力用LV手提包捶打山茶树树干来泄愤。即便这样还是不够解气，接着又用高跟鞋的鞋跟使劲踹了一脚文冢。

不过，山茶树和文冢都纹丝不动，依旧挺胸直立。

因为恐惧而浑身发抖的只有我一个人。

话又说回来，雷迪巴巴真是我的母亲吗？

这当然不可能有什么证据。也许她只是为了讹钱在胡说八道。她的脸和我的也不怎么像。

不过，刚才吵到一半的时候我就注意到，雷迪巴巴的嗓音和上代的嗓音像是一个模子刻出来的。即便我不愿相信，雷迪巴巴刚才所说的几句话看来也并非纯粹的胡言乱语。

我精神恍惚了好一会儿。不管我怎么想，都得不出什么结论来。只不过，脑袋像是被狠狠揍了一拳似的，那股冲击仍未消散。至今，我从没想过会有上代以外的家人存在。

首先，我不知道生下自己的人名字叫什么。

其次，我总算想明白了。

是上代保护了我。

她把我藏了起来，免遭那个雷迪巴巴的魔爪摧残。事到如今，只能这么想了。

不过，雷迪巴巴有可能是我母亲这件事，对谁都不能说。如今，她在镰仓就是一个笑柄。这种事太丢脸了，绝对说不出口。

雷迪巴巴看上去很缺钱的样子。也许是我想太多了，讲出来大家恐怕会笑：她为了钱把 QP 妹妹绑架了要求赎金，也并非完全不可能。

然而哪怕把我的嘴巴撕开，我也不会告诉蜜朗。同样是羞耻的事，程度截然不同。一想到蜜朗有可能因此而看不起我，我就害怕得什么也说不出了。

相比雷迪巴巴神出鬼没这件事，蜜朗的蜈蚣事件简直是可爱极了。回想起蜜朗露出屁股在床上疼得打滚的场面，我总算能笑出来了。

一笑，就流出了一点泪，流了泪，又微微笑了出来。泪水与笑容像是在玩一场拔河比赛。

不经意间，我又想起叶子小姐，不知她现在怎样了呢？读过那封信之后，好好地大哭一场了吗？好好地感受悲伤了吗？

今天真是辛苦的一天，在我的人生中，或许称得上恶魔的星期三了。

趁着梅雨季放晴的日子，我把梅干在店门前铺开晾晒，店里的电铃忽然响了。我慌忙奔回去，只见店里站着一位典型的镰仓女士。

"我想和丈夫离婚。"这位女士单刀直入地说。

我想了想她长得像谁，才发现很像埃及艳后。话是这么说，其实不过是我脑海中的那个艳后形象而已。

她的年纪估摸有五十岁。乍看不像个日本人。她打扮得雍容华美，就算登上贵妇杂志也毫不奇怪。高鼻梁堪称完美，脸庞有棱有角。整张脸凹凸有致。

"请坐吧。"

我预感到谈话内容会很长，便进到店内，准备饮料。之前准备给QP妹妹喝的甜酒还剩下一些，我在甜酒中滴入一抹昨天刚做的杏子果酱。

回到店堂，只见日本埃及艳后已经取出扇子在扇风。

不必我一句句答应，日本埃及艳后就一字一顿地讲述起来。外表虽然是埃及艳后，说起话来却带点口音，大概是茨城一带的吧。恕我失敬，这种反差感反而让她更有魅力了。

日本埃及艳后结婚就快三十年了。生了一男一女两个孩子，两人都已经成年离家了。尽管没提到详情，但丈夫似乎并非工薪族，而是自己经营公司。日本埃及艳后在孩子年幼时当过专职主妇，之后开始工作，跟丈夫分手也没有经济上的困扰。

据说离婚的原因是丈夫酗酒。

平日里是个温和体贴的丈夫，可有时喝起酒来毫无分寸，喝完酒就发酒疯，对日本埃及艳后口出谩骂。尽管还不至于直接施加暴力，但喝醉了就乱摔东西出气，半夜里大声吼叫，让人手足无措。

"这样下去，我觉得自己都会有危险。"日本埃及艳后露出恳求的目光向我倾诉，"我觉得差不多是时候了。一路走来，我们为彼此付出的心血已经足够了。"

"也许走上不同的人生路才是最好的。

"我真的累了。我们两人趁现在开始第二段人生，还勉勉强强来得及。"

日本埃及艳后一脸沉重地小声说完，垂下了头。

简而言之，日本埃及艳后是想让我代写一封给丈夫的三行半[1]书信。

---

[1] 指江户时代庶民交与配偶的离婚状，以三行半文字写就。

今まで、本当にありがとうございました。
三十年という歳月を、あなたと共に過ごしたことは、
私の人生の誇りです。
あなたのおかげで、私は多くの幸福を味わいました。
子ども達を育てたことは、大きな冒険であり、希望でした。
あなたと出会わなければ、経験できないことばかり。
本当に感謝しています。

けれど、私はもう限界なのです。
これ以上、あなたのそばにいることは、できません。
理由は、わかっていると思います。
私達は、もう十分、お互いのために尽くしました。
これ以上あなたに傷つけられたら、私は生きていけなく
なります。
至らない妻であったこと、どうか許してください。

正直、二十年も一緒にいたので、あなたと離れて生きていけるのか、まだ自信がありません。
でも、そうしなくてはいけないのだと思います。自分のためにも、あなたのためにも。
あなたにとっては、寝耳に水の話かもしれませんが、私は、この選択肢について、長い間、冷静に考えてきました。
今が、その時です。
私達、これからは別々の道を歩みましょう。
そしていつか、お互いがおじいさんとおばあさんになって、それぞれに伴侶をえていたら、その時はまた、笑顔で茶飲み話ができるかもしれません。
離婚届を同封します。
私の方はすでに署名も判も済んでおりますので、あなたの方を書いて提出してください。
よろーくお願いします。

时至今日，真的谢谢你。

能与你共度三十年的岁月，是我人生中的骄傲。

多亏了有你，我品尝到了许多幸福的滋味。

养育两个孩子，是一场盛大的冒险，也是一份希望。

假如没有邂逅你，会有无数事物无法体验。

真的十分感谢你。

可是，我已经快到极限了。

我无法继续留在你的身边了。

我想你也明白原因是什么。

我们已经为彼此付出够多了。

如果再受到更多来自你的伤害，我恐怕会活不下去。

请原谅我这个对你照顾不周的妻子。

说句心里话，和你一起过了三十年，离开了你，我也不知能不能好好生活下去。

但我认为必须这么做。既为了我自己，也为了你。

这个消息对你来说或许有如晴天霹雳，但这个选择我已经在很长的时间里冷静思考过了。

现在就是最合适的时候。

就让我们从今往后走上不同的道路吧。

终有一天，当我们变成老头老太太，找到各自的伴侣之后，我们或许还能笑着喝茶，闲话家常。

离婚申请书附在信内。

我已经署名并盖上印章，请你也签署姓名并提交。

拜托你了。

写着写着，我的感情逐渐投入进去，总觉得像是要和蜜朗离婚一样，变得悲伤起来。

和蜜朗离婚？

现在刚刚结婚，我根本想象不出那种场面，可又无法断言绝对不会离婚。日本埃及艳后一定也是这么想的。有些事最初也许可以一笑而过，但日子过久了，就越发无法忍受，没办法原谅对方。因为无法原谅而感到焦躁不安，也无法原谅做不到谅解的自己。

成长环境不同的人要变成家人，生活在同一屋檐下，当然会发生种种摩擦。我也一样，如果和蜜朗一天到晚都待在一起，发现了他讨厌的地方，说不定也会烦躁不堪。

可是，我又想——

明明连凭个人意志选择的对象都能离婚，而与个人意志毫不相干的血缘关系却不允许随意斩断，这究竟是为什么呢？

假设雷迪巴巴就是我的生母，雷迪巴巴可以抛弃我，而我想要与雷迪巴巴割裂开来，就一辈子都做不到了吗？父母可以若无其事地放开孩子，而孩子想从父母的束缚下获得自由，除非二者中有人死去。这未免也太过无情了吧？

我细细思考这些问题的时候，忽地想起梅子还晾在外面。

差点忘了，差点忘了。

天气看上去还不错，我把它们又铺展在檐廊上。

听说一天翻上两三次，每次揉一揉果实，会让梅干更好吃。

蜜朗最喜欢吃梅干了，于是我也有样学样，今年第一次腌了一些。教我腌制方法的是蜜朗家九十岁高龄的奶奶，她现在还亲自耕田呢。

我还没有见过蜜朗的其他家人。原本在与蜜朗领证的时候，就计划去问声好的，但他的父母主动说：没必要在最忙的时候过来。

蜜朗的老家在四国的深山里，光是到那里就得花上一整天。蜜朗笑着说比非洲还远。确实，那不是利用周末在外住个一两晚就能去的地方。所以，我们决定等到能悠闲探亲的夏天再去。

虽说还没见到过人，不过蜜朗的家人倒是偶尔会寄快递来。里面装的不是自家田里摘来的蔬菜，就是当地车站卖的味噌、豆类和水果。只要纸箱还有空隙，就会装入老家超市里卖的蒟蒻果冻、蜜朗姐姐烤的玛德琳蛋糕或者曲奇，偶尔还会有婆婆亲手做的熟菜。

这些东西对蜜朗来说已经司空见惯，可对我来说，这种家庭的温暖再新鲜不过了。和上代一起生活时，根本不存在这些经历。我和蜜朗结婚之后，才第一次知晓了其乐融融的家族关系是如何维系的。

蜜朗的母亲每次都会写字条来说明快递箱中的内容，这一封封微小的信件，就成了我的宝物。

对了，蜜朗家原先是开邮局的。当然那并非我们结婚的主要动机，不过也是结婚的一大要因。他们现在已经不开邮局了，但听说蜜朗的姐姐把开邮局的旧屋子用来经营咖啡店了。蜜朗开办咖啡店就受了姐姐很大的影响。

蜜朗还小的时候，到了元旦，奶奶就会坐上雪橇外出投递贺年卡。在老家原先是开邮局的这件事，对我来讲太有吸引力了。当我听说咖啡店里还展示着当初用过的招牌和工具之后，真想立马就去蜜朗的老家看一看。

所幸，雷迪巴巴没有再出现过。雷迪巴巴来山茶文具店的那阵子，我总是心烦意乱的。走在路上时也会没完没了地遐想：她有没有跟在我后面？我的包会不会突然被偷走？这让我丝毫没有喘息的机会。一想到她可能会半夜来敲门，就夜不能寐，睡眠不足的状况持续了好一阵子。不过，一星期过去了，半个月过去了，我又逐渐回到了平日的生活状态。

首先，我从来没做过什么亏心事，却战战兢兢的，简直岂有此理。我意识到这样下去正中雷迪巴巴的下怀。我堂堂正正地过着与往常无异的生活，才是对抗雷迪巴巴的唯一方式。

其次，我还有QP妹妹呢。继上月底的镰仓图书嘉年华，接下来镰仓的大型活动会让人应接不暇。六月份刚办过五所神社的乱材祭，七月还会有备受期待的烟火大会。周末或是外出，或是在家做点心，一个星期转瞬即逝。照着这样的气势，一个月转眼间也就过去了。

工作还算挺忙的，所以一点都没闲情去管雷迪巴巴的事了。

我努力不去想雷迪巴巴的事。

夏越大祓结束后的第二天，我在给山茶文具店擦玻璃时，一名绅士飒爽地向我走来。他穿着如今很少见的白麻西装，头上戴着顶巴拿马帽子。有一瞬间我还以为他是个著名的好莱坞影星，但似乎还是个日本人。

我本以为他只是路过，却又见他在店门口站定，细细端详起上代所写的"山茶文具店"几个字。接着他缓缓问道："这里就是代笔店吗？"

当眼神交会的时候，我终于想起了那位好莱坞影星的名字。这个男人长得有点像理查·基尔，但又绝非正牌的理查·基尔。所以我在心中称呼他时，就在理查和基尔之间加了个带括号的"半"字。

"是的。"

听到我的回答，理查（半）基尔从西装的前胸口袋中取出手帕，擦了擦脖子上的汗。

"一大早就走了不少路，找了我好一会儿呢。"理查（半）基尔的口气带着点木讷。

我看看手表，离开店时间还有一会儿，但还是径直开了门。

"请进。"

进入店堂，理查（半）基尔身上就散发出一股淡淡的柑橘香味，看来他相当精通时尚之道。从指甲到头顶，全都打扮得完美无缺。这种男人，说不定就是外头所说的"雅痞老头"。

我请他在圆凳上坐下，先去准备了饮料。昨天我就把乌龙茶的茶叶浸在水中放进了冰箱，做了些冷淬乌龙茶。我把茶倒进令人备感清爽的玻璃杯，捧到店堂时，摆放在桌上的一个信封忽然进入视野，让我的心猛然一颤。

我差点"啊"地喊出来，在出声之前又强忍住了。那无疑是我受日本埃及艳后的委托写下的"三行半"。一瞬间，我的脑海中纷乱无比，又佯装不知地给理查（半）基尔上了茶。

"今天也很热呢。"

为了避免他看出我的慌张，我先抛出了老套的天气话题。

"其实啊，内人把这个寄到我公司来了。"理查（半）基尔说。

他果然不知道这是我代笔的。既然如此，我应该采取什么态度就显而易见了。

"是一封信吗？"

要装傻充愣真是好困难。我把攒了一嘴的口水咽下去，不由自主地发出响亮的咕咚声。心脏从刚才开始就怦怦跳个不停。

"姑且算是一封信吧。是离婚书。"

理查（半）基尔边说边从信封中取出信纸。那张纸并非信笺，而是张普通的白纸。我的原意是表达出"妻子一方并无过错"，来证明自身的清白。

理查（半）基尔说了句"请"，把信纸递给了我：

"请读一遍吧。"

我做梦都没想到会以这样的形式与自己代笔的书信重逢。就连做了一辈子代笔人的上代,恐怕也没有过如此古怪的体验吧。

我把自己写下的文章重读了一遍。要是到了这场合还发现有错字漏字,真不知该如何是好,不过所幸并没有犯下这样的失误。

刚开始我还以为理查(半)基尔会冲进店里来大发雷霆呢。如果他知道是我代笔的这封离婚书,恐怕会大骂"为什么要写这种东西",我早就做好了心理准备。但是过了好久,理查(半)基尔都没有怒骂起来。

"我想让你写一封回信。"就在我刚浏览完毕的那一刻,理查(半)基尔开口了。

简而言之,这即便称不上代理人战争,也可以说是"代笔人战役"了。看来我已经被卷入了一场非常麻烦的夫妻争端,夫妻俩都不擅书信,真是饶了我吧。

"您想让我写怎样的回信呢?"我强忍着想要抱着脑袋唉声叹气的冲动,假装第一次知晓内情,向理查(半)基尔提问。

可我的心中七上八下的。这就是一人分饰二角吗?居然要给自己代笔的书信再写一封回信,除了苦笑之外,还能怎样呢?

"我不想离婚啊。所以你能帮我说服我太太,让她转变心意吗?"

没有比见怪不怪的夫妻吵架更无聊的事了。俗话说夫妻吵架连狗都不理嘛。明明是你自己喝了酒大发酒疯才惹太太讨厌的。可惜就算撕开我的嘴巴，我也不敢说出口。

理查（半）基尔接着说：

"有件事情说出口也不怕你笑话。其实最早喝醉酒胡闹的是对方。就在新婚旅行的初夜啊，初夜。

"她吃晚餐时就捧着香槟和红酒喝个不停，醉得东倒西歪的，真是让我受够了。又是吐在床上，又是忽然大呼小叫的。我一整晚都在照顾这个醉鬼，结果还挨了揍呢。

"简直了，难得的初夜全糟蹋了。"

他在我面前接连说了好几个"初夜"，反而害得我脸红了。他们两人在年轻时想必是一对俊男靓女。

"您太太当初也是太年轻了。不过事到如今，不也是一段可爱的回忆吗？"

我不知该怎么回答他，就把想到的话随口说了出来。理查（半）基尔有一种莫名的玩世不恭，一不小心就会被带进他的说话节奏。

"才没有这回事。"理查（半）基尔平淡地否定我，"跟可爱压根不沾边。我也就是偶尔喝得过分了一点，离婚也太夸张了吧。你也这么觉得吧？"

我渐渐搞不明白究竟该站在哪一边来发表意见了。因为对我来说，二者都是顾客。

不过依我看来，这对夫妻存在着不小的"温差"。日本埃及艳后特别严肃，而这份情绪完全没传达给理查（半）基尔。或许是因为我代笔的离婚书震慑力还不够强。

"不过，您太太应该是在认真考虑离婚呢。"

为了避免说漏嘴，我只能投石问路般地斟酌语句。

"是这样吗？"理查（半）基尔大大咧咧地说。

"当然是了！"我的口气不禁变得强硬起来。一人分饰二角实在太困难了，我力有未逮。"我想确认一下。您真的是不想离婚吗？您爱着自己的太太吗？酗酒烂醉这件事，好好反省过了吗？"

我一不小心就抛出一串刑警似的质问。理查（半）基尔忽地露出认真的神色，沉思起来："就是因为爱她，我才不想离婚啊。不过，反省的话，究竟该怎么做呢？我都不记得自己做过什么了。"

他那种玩世不恭又开始了。

"您那句'不记得自己做过什么'，不才是问题的关键所在吗？您自己对太太说过什么，是怎么伤害到她的，这些问题可不是说句'不记得'就能解决的。"

看来我已经逐渐开始偏袒日本埃及艳后了。

"就算您自己已经不记得了，对方也已经因为您的言行而受了很深的伤，况且还不是一次两次。她一定是忍耐了一次又一次，每受伤一次就要心碎一次，那都是要靠时间来慢慢修复的。

"可是，她已经忍耐到极限了，不是已经发出悲鸣声了吗？

您对此却只有一句'不记得',连反省都做不到,身为一个成年人不觉得很丢脸吗?不觉得太不负责任了吗?用这句话当借口,难道随便犯罪都能被饶恕吗?"

说着说着,我就代入日本埃及艳后的角色了。这可不好,我告诫自己,嘴上的话却停不下来。

"对不起。"理查(半)基尔垂下头。

"请不要对我道歉,请向您的太太谢罪。"

您太太绝对是认真的!这句话到嘴边又被我咽了下去。说到这份儿上的话,我写了这封"三行半"的事情没准会暴露。

"那或许都是您无意识的行为,但无意识地伤害别人,比起明知对方会受伤还有意伤害,罪孽更加深重。请不要轻飘飘地说'我没有恶意'这种话。不论有没有恶意,对方受伤害这件事都不会改变。"

看到理查(半)基尔的态度,我就不能不说这些话。

刚才这些话,与其说是在替日本埃及艳后出气,不如说是上代要借我之口说出来。上代经常会说这样的话。

我心里一向迷迷糊糊的,不懂这些话的意思,直到刚才亲口说出来,才恍然大悟。

天真地伤害他人有多么可怕和罪孽深重,从上代的严厉态度就可见一斑。

"对不起。"

理查(半)基尔再次低头。因为我的语气强硬了些,他似乎已经有些了解事态的严重性了。他就像被母亲训斥的孩子一样，没了脾气。

"该怎么办呢……"

我也只能叹气了。我虽有心帮助双方，可他们一个是想离婚的妻子，一个是不想离婚的丈夫，想要同时满足双方的愿望是不可能的。这种情况就不该来找我这个代笔人，去找律师或者家庭法院或许还能解决一下。

可是我又不能对遇到困扰的人置之不理，于是感到无计可施了。说句不负责任的话，真希望他们俩能猜拳来决定离不离婚。

"求你了。"

理查（半）基尔深深低下头，鼻尖都快碰到桌子了。我从刚才开始就一个劲地对理查（半）基尔说教，但不必多想，他的年纪肯定比我大多了。或许说得有些过分了，我也得好好反省。

"我和太太同甘共苦走到了今天。我伤害了她，一定会深深地反省。所以，为了能和她共度一生，求你出份力帮帮我。"理查（半）基尔低着头说。

我想这句话应该是他的真心话了。

理查（半）基尔终于抬起头来，他的眼睛下面染上了微微的红晕。

酒は飲んでも、飲まれるな！、
わかっちゃいるのに、ついつい楽しくなって、度をこして
飲んでしまうんだ。
でも、君が言うように、俺もう還暦間近だ。暴れて、
怪我でもしたり、もしくは誰かに怪我をさせたりしたら、
それこそ君に迷惑をかけてしまう。
自分だけの体ではないことを、ついつい忘れて羽目を
外してしまうんだな。
大バカ者だといくら言われようが、俺に弁解の
余地は全くない。
いい年したジジイが、酒に飲まれて、愛する妻に
暴言を吐いて傷つけるなんて、あってはならない話だ。
この間のことは、本当に反省している。

もう二度とあんな真似はしないと、約束する。
今後酒は、ほどほどに、たしなむ程度にする。
(飲まないとは言いきれない自分が情けない限りだが…)
君が再三言うように、俺はもう完全にジジイだ。
若い頃とは違って、モーロクしている。あんなふうに
酒を飲んだら、道端に倒れて頭を打って、悲惨
な人生の終わり方をするかもしれない。
今回のことで君がどんなに傷ついたか、本当によく
わかった。
だから、離婚というのを、考え直してほしい。お願いだ。
お互い、冷静になろう。
あんなことで、今まで築き上げた三十年が無に
なってしまうのは、正直、耐えられない。

世間体とか、子ども達のことを考えてそう言っているんじゃない。
俺に、もう一回だけ、チャンスを与えてほしいんだ。

译

　　饮酒适量，莫被酒饮。

　　我明白这个道理，可到了兴头上，总是忍不住喝过头。

　　不过，正如你所说，我已经年近六十，要是胡闹起来伤到了自己，或是伤到了别人，才是真的给你平添麻烦。

　　我总是会忘记，我这副身子骨可不是只属于我一个人，一次次做出出格的事。

　　不论你骂我多少次浑蛋，我都毫无辩解的余地。

　　已经是一把年纪的老头，竟然还沉溺酒精，对心爱的妻子口吐暴言，伤害到她，实在是天理难容。

　　这阵子发生的事，我真的会好好反省。

　　我答应你，再也不会做那种蠢事了。

　　今后饮酒一定适可而止，仅限于小酌的程度。（实在不敢说再也不喝了，真是丢人现眼……）

　　如同你再三提醒的那样，我已经完全是个老头了。跟年轻时不同，我已经年老昏聩。如果再那么喝酒，终有一天会倒在路边，撞到脑袋，迎来悲惨的人生落幕。

　　看到你这次的信件，我真的痛彻心扉，明白了伤害你有多深。

　　所以，请你重新考虑一下离婚这件事。求你了。让我们都冷静下来吧。

　　因为那种事情，把我们一点点累积到今天的三十年全都归为虚无，说句实话，我承受不了。

　　这并不是考虑到体面或是孩子们才说的场面话。

　　请你再给我一次机会。

把信件投进镰仓邮政局前的邮筒中后,我还想四处逛逛。

今天是星期六,店里下午不开张,QP妹妹又去朋友家玩了。在傍晚去蜜朗家之前,还有一点时间。

为了避开人潮,我左转向妙本寺的方向走去。我心血来潮,很想去树木茂盛的地方。我想尽情地做个深呼吸。

我是在高中一年级时知道妙本寺这个地方的。

有天我还不想回家,在车站附近漫无目的地行走,结果来到了妙本寺。

它明明就在车站旁,却曲径通幽,我在石级上爬了又爬,怎么都到不了山门。

那时候,我就羡慕起那些自由舒展着枝叶的树了。只要去那里,就有新鲜的风吹进胸膛深处。

寺庙里有许多黏人的野猫,我经常会对野猫倾诉烦恼。树也会侧耳倾听我的独白。而微风会温柔地拂去我的眼泪。

就这样,稍稍消磨掉一段时间,就会觉得堆积在心中的纷繁嘈杂都被风吹走了,归家的脚步也变得轻巧起来。

对我来说,妙本寺就是不可多得的与自己约会的场所。

我缓缓登上石级,回想起久违的那段时光,很是怀念。当初的我烦恼于处理与上代之间的关系和将来的出路,每天都在痛苦挣扎。我无处可去,无法喘息,我想争分夺秒地离开镰仓这个小城。

然而,我现在又住在镰仓了。

所以，假如遇到当初的自己，我想对她温柔地说一句话——

没关系的，船到桥头自然直。

爬上石级的半程，我停下脚步，闭上眼睛深呼吸，碧绿的精华就充满了我的身体。

理查（半）基尔委托我代笔的信，尽管功力还不到家，做不到完美无缺，但也算是尽了全力。之后不论结果如何，都只能听天由命了。

我还以为周末会有许多人在，看来也并非如此。

从早晨开始，小雨就时落时停，不同于往常的星期六，显得十分幽静。

我进入本殿，参拜完毕之后，坐在石级上小憩。整个寺庙都被雨水润湿了。我过去就很喜欢从这里眺望美景。

左手边的祖师堂前，长着一棵海棠树。新叶的梢头上已经结出一个个果实。评论家小林秀雄与诗人中原中也大概就是在那边重归于好的。他们两人曾围绕着某个女性有过一段三角关系。

提到小林秀雄，我只能想起一位文章晦涩又不近人情的老头。高中时，每当现代国语考试出现小林秀雄那难懂的评论，我就束手无策。但据说他年轻时，喜欢上了中原中也正在交往的恋人，从朋友中也手中夺走了恋人，最后还同居在一起。当我得知能写出那种文章的人也会抛掉理性，凭本能喜欢上女人的时候，不知为何松了一口气。

我记得小林秀雄与女友同居将近十年后，才和中也再次在海棠树下赏了花。小林秀雄在所著的《回忆中原中也》中写到过。

上代就有这本书，我以前也读过描述当初情形的文章。虽然详细内容已经忘记，但我还朦胧地记得，书中把海棠花描写得非常美丽。在家里找一找或许还能找到。回去之后再读一遍吧。

我去东急买了些东西，在站前坐上巴士，发现第二鸟居上装点着巨大的花绣球。我想起来了，每年的大祓结束后，镰仓的街道都会变成一派七夕景象。不论是小町路的入口，还是丰岛屋的入口，到处可见气派的装饰物。

不过，最厉害的还是八幡宫。我透过巴士的车窗注目凝视，生怕错过每一个瞬间。

挂在鸟居上的鲜艳绣球轻飘飘的，正优雅地随风起舞。

我时常会觉得八幡宫的建筑物很像龙宫城，装点起来再看的话，那些明艳华美的色彩更是美不胜收。

舞殿和上宫也都装点了花绣球和风幡。我确实身处现实，却恍若闯入了梦中，感觉很是不可思议。这样的盛装就如同新年一样，我不禁觉得镰仓的一年应该是从夏季开始的。

山茶文具店的入口处也挂上了细竹叶，是男爵今天一早特地送来的。

"恭喜你。"我对男爵悄悄耳语。男爵露出了和蔼的笑容，显得有些不好意思。男爵与胖蒂的孩子，即将在今年秋天出生。

先回自己家之后，我又赶往蜜朗与QP妹妹正在等待的别宅。这种情况也不知该不该称作"别宅"呢。

おとおとか、いもとがほしい。
もりかげはるな
QP

妹へ 遼様へ ※※べー
毎日笑顔で過ごせます
ように。
鶏子

商売繁盛！

> 想要个弟弟,或者妹妹。　　　　　　　　守景阳菜　QP
> 希望家人健康安稳,每天笑容满面。　　鸠子
> 生意兴隆!　　　　　　　　　　　　　守景蜜朗

靠在山茶文具店入口处的细竹叶成了绝好的背景，我们一家三口的愿望正随风飘摇。从刚才起，只有 QP 妹妹的那片在不停打转，就好像芭蕾舞者在踮着脚旋转起舞。守景家也模仿八幡宫，用彩色纸剪成构树叶片的形状，写上了各自的心愿。

"弟弟"或者"妹妹"嘛，我当然不是没想过。蜜朗嘴上不提，其实也很是期盼。

蜜朗确实有过异常辛酸痛苦的经历，但谁又能断定蜜朗就无法获得幸福了呢？

只要人活着，不管发生过怎样的悲剧，都依然会有食欲，也当然会有性欲。

有时候，越是伤心，就越应该笑着攻克难关。我想让蜜朗露出更多的笑容。我希望他能每天咯咯笑得满地打滚，笑得肚皮上的肌肉发疼。

在结婚前，我也想过要给蜜朗生个孩子。我曾经梦想过与我跟蜜朗的孩子相见。

但是当我真的结婚，成为小 QP 的继母后，我就越来越喜欢小 QP 了。我们之间的亲情在日渐刷新纪录。

我的爱就像一股永不干涸的泉水一样，那无色透明却略微甘甜的泉水，丝毫不间断地喷涌而出。俗话大概会把它称作母性。我这股母性之泉源源不竭。

不知该如何形容，我觉得正因为并非血脉相连，我才愈加珍视 QP 妹妹。假如我有了自己的孩子，会不会更加疼爱有血缘关系的孩子呢？想到这里，我就有一点害怕。

正当我为这件事烦恼的时候，却看到了"想要个弟弟，或者妹妹"的愿望。

我裹足不前还有个原因，那就是雷迪巴巴。我生出孩子就代表着或许会留下雷迪巴巴的血脉。

我思前想后的，连手上的活都干不利索了。为了让店里的客人和邻居们都写下愿望，我正在把彩色纸剪成构树叶片的形状。七夕的店面活动就是在店门口摆上小桌子与纸笔，让大家自由地写下愿望。

或许是因为挂的晴天娃娃奏效了，今年的烟火大会总算能顺利举行，让我松了一口气。几天前我都是以祈祷的心情望着天空，这全都是因为去年的烟火大会受大浪的影响而中止了。所以对去年就期待着烟火大会的 QP 妹妹来说，这是等了又等、等了又等的烟火大会。我们好久以前就约好了要穿上浴衣一起去看。

偶然跟芭芭拉夫人提到这事，芭芭拉夫人就带我们去了一个欣赏烟花的特别地点。那是芭芭拉夫人每年看烟花专用的秘密地点，而这次也会带我跟 QP 妹妹一起去。那个秘密地点就是芭芭拉夫人在小町的一位朋友家，据说从朋友家的屋顶上能看到非常漂亮的烟花。

因为是各自带上料理的聚餐，我从傍晚起就开始做午餐肉饭团，打算带这个过去。QP妹妹带的是蜜朗做的炸鸡块。本想让蜜朗也一起去的，但他还得经营店铺，只能看家了。为了实现"生意兴隆"，蜜朗目前正在投入地工作。

我提前一点打烊，急忙换上浴衣出了门。芭芭拉夫人说要去站前的肉店订些烤牛肉，我们约好直接去她朋友家碰头。

我们到达时，一场宴会已经在小小的屋顶上开始了。就在此时，"轰！"，第一发烟花的声音响彻天空。

尽管我就住在镰仓，却已经有十几年没好好看过一场烟火大会了。我记得上次还是寿司子姨婆偶尔来镰仓，跟她一起去看的。即便如此，我也是第一次在这么好的位置欣赏。

芭芭拉夫人的朋友还惭愧地说，可惜看不到最精彩的水上烟花。太言重了。从这儿可是能看见一朵朵烟花飘然升空、乒地炸开、四散而去的景象。

一只手握着啤酒，另一只手拈起烤鸡或者毛豆，在没有拥挤人潮的地方欣赏烟花，这段时光真是奢侈到了极点。正因为盛开在夜空中的大朵烟花转瞬就会枯萎，才更应该睁大眼睛，不错过每一个瞬间。

我的脑海中忽然浮现出了多果比古小弟弟。多果比古也在看烟花吗？他说过自己能分辨太阳的光亮与夜晚的黑暗，那么或许也能看见今晚的烟花吧。

我们常说要睁开心之眼，而多果比古拥有的远远不止如此，是更为伟大的魂之眼。多果比古也许能看到一切事物在黑暗背后的灵魂形状。我也想有一双他那样的眼睛。

QP 妹妹从刚才开始就纹丝不动,已经被夜空中的烟花迷住了。我想这不会是她第一次看到升空的烟花,可她那模样就仿佛是出生以来首次见到。她把全部的注意力都集中在眼珠上,追踪着奔向夜空的烟花轨迹。

回去的路上,和芭芭拉夫人三人一起在段葛漫步。QP 妹妹走在中间,我们手牵着手。

"真漂亮呀。"

"波波做的饭团真好吃。"

"我明年也想到那里去看!"

三人你一言我一语地表达着感想。

并排走在一起时,我想起了芭芭拉夫人告诉我的"闪闪发光"魔咒。

那是除夕,在去敲响除夜钟的路上她告诉我的。

只要闭上眼睛,在心中默念"闪闪发光,闪闪发光",心灵的晦暗之处就会出现星星,照亮四周。从那之后,我就开始实践这条咒语。

有朝一日,我也要把它教给 QP 妹妹。只要是我能教给 QP 妹妹的,就一定会毫无保留,慷慨地传授给她。

迎来暑假的 QP 妹妹连着好几天都住在我家。她本人说这是"合宿",开心得很,可蜜朗似乎很寂寞。当然了,我肯定是欢快得不行。不论是睡着还是醒着，QP妹妹都在身边。

一个人生活的时候，早餐有时会吃点，有时不吃，解决得很随便。可是有小学一年级的QP妹妹在身旁时，就不能这样乱来了。我从一早就开始做味噌汤，煮饭，煎蛋。早上吃剩下的米饭，会模仿蜜朗的做法，并不存放起来，而是捏成饭团，留到午餐或者点心时间吃。

QP妹妹有时在家做作业，有时去附近的朋友家玩，有时去后山捕虫，有时去学校的泳池游泳，忙得不可开交。天热的日子里，她会给山茶文具店看店，或是读书，或是填图，或是折纸玩。

去年我一狠心买了台新空调，于是店里在仲夏也相当舒适。温度设定得比较高，虽然并不会特别凉爽，但总比没有好。

最近都是QP妹妹一个人看店。刚开始我挺担心的，还陪着她，可这么一来，家务和工作就越堆越多。反正她也逐渐习惯了，店里的事就都交给QP妹妹了。

只有来客人的时候，她才跑来告诉我。这时候，我要么准备晚餐，要么做些代笔的工作。我并非不担心雷迪巴巴突然出现，把QP妹妹掳走，可雷迪巴巴后来再也没在我面前出现过。再怎么说，发生这种情况的话，QP妹妹一定会大吵大闹吧。更何况，QP妹妹早已没那么轻，不是一个女人能单手轻松抱起的重量了。

QP妹妹每帮一次忙，我就给她十日元的兼职费，一天五十日元为上限。这么做大概会涉及劳动基准法吧，也许根本就不允许让未成年人这样工作。不过，比起让她毫无报酬地帮着做家务，我觉得还是这样比较好。让孩子在小时候就养成工作的意识，将来她长大了，或许能对她起到什么作用。蜜朗送了一个匹诺曹的存钱罐，QP妹妹会把兼职得到的钱仔仔细细地存下来。

打烊之后，按照惯例，我们会围着餐桌坐下来。蜜朗不在，我们就像单亲家庭似的。可对我来说，这才是更熟悉的光景。

有时间的话，我会煮一些糙米。在这之前我从来没用过压力锅，刚开始一见到蒸汽咝咝地冒出来，就紧张极了，怕它会爆炸。不过做着做着就掌握了窍门，最近已经能煮出糯糯的糙米了。

吃糙米就不需要多么精致的小菜了。羊栖菜、纳豆或者杂煮昆布就能下饭，再加点鱼就完全足够了。去年年底，鱼福那家店关了，现在我都去岔道口那家干货店买鱼。

明明当初那么激烈地反抗过，最终我还是像上代那样，摆出了几盘朴素的小菜。只不过有一件事我很上心，就是与QP妹妹保持对话。和上代一起吃饭的时候，多余的闲聊是彻底禁止的。直到我长大以后，才知道吃饭时也能闲话家常。所以我在吃饭时也会有意识地多和QP妹妹说几句话。

话又说回来了，镰仓的夏天还真是热。我以为今年会一直凉爽下去，结果却始料不及，中途突然热了起来。尤其镰仓的湿气还很重，我们仿佛进了蒸汽桑拿房，就算什么都不干，汗水也会自然而然地沁出。

因此最近的乐趣之一就是餐后的散步。散步的目标，就是金泽街道旁那家意大利餐厅 LA PORTA 所卖的手工冰激凌。

把晚饭收拾得差不多之后，我就和 QP 妹妹牵着手，一路不停地走去买冰激凌。到了那时候，会有少许的微风，凉快很多。

我们会边走边思考今天吃哪种冰激凌，可总是决定不下来。有马达加斯加产的香草冰激凌，也有少见的橄榄油冰激凌，还有杧果、猕猴桃、菠萝这些时令水果和南瓜之类的蔬菜做的冰激凌。在柜台前犹豫不决也是乐趣之一。我们两人都不是杯装派，而是蛋筒派。

"因为蛋筒也可以吃下去嘛。"

这就是我们的共同意见，跟杯装派的蜜朗完全相反。蜜朗坚持认为用杯装吃起来更方便，不过那样的话就会产生勺子跟杯子这些垃圾。

坐在店门口的长椅上吃完冰激凌再回家，是在这个夏天挖掘出来的新乐子。我们面对的这条路上有许多汽车，景色绝不算很好，但光是和 QP 妹妹坐在一起，看着往来的车辆，悠闲地舔舔冰激凌，就感觉自己已经抓住了莫大的幸运。

我能自信十足地宣言，自己比中了三亿日元彩票的人更幸福。此刻的心境，让我多么想和纽约的自由女神像一样高高举起蛋筒冰激凌，向全世界炫耀 QP 妹妹。

黑地藏缘日[1]那天，也就是每年的八月十日，觉园寺会从夜里零点开放到正午。

"成为小学生之后，想要半夜里去看一次黑地藏缘日。"QP妹妹从很早以前就期待起来了。我明明住得这么近，却还没去过。

我还想半夜零点起床会不会太勉强了，QP妹妹却准时醒来，从床上爬了起来。深夜里，和蜜朗还有QP妹妹三人在外漫步，是一种很奇妙的感觉，仿佛误闯入了某个巨大的梦境。路程没过半的时候，路上实在是太过寂静无声，我还担心究竟是不是今天开放呢。随着越来越靠近寺庙，人也越来越多，我们总算松了口气。

QP妹妹指着特别日对公众开放参拜的黑地藏说了句"胖蒂"，把我们笑坏了。不过胖蒂的眼鼻确实轮廓鲜明，是张像大佛的脸。

据说黑地藏可以将参拜者的思念和愿望带给逝去之人。

正因为今天是缘日，寺庙内还摆出了夜市。推出笑脸面包的PARADISE ALLEY也以黑地藏为主题，做了含黑炭的面包来卖。喊着肚子饿的蜜朗买来了关东煮，我们三人一点点分着吃了。

明明是这么热的天，我们却汗流浃背地吃着关东煮，实在太滑稽了。我咀嚼着魔芋，怎么也止不住笑，连QP妹妹也跟着我

---

[1]镰仓的觉园寺会在每年八月十日开放地藏堂的本尊供人参拜，俗称"黑地藏缘日"。

和蜜朗咯咯大笑。在深夜里拜见黑地藏，边吃关东煮边笑，我想我们真的是格外幸福。我真心希望黑地藏能把这笑声带给上代。

又过了几天后，盂兰盆假期总算来了。我们要前往蜜朗的老家。

这是第一次见他的父母，究竟该穿什么衣服去呢？该带什么特产去呢？我迟迟决定不下来的样子让蜜朗目瞪口呆：

"照平时的装束穿就行啦。小鸠你要是太庄重的话，我家里人也会紧张的。普通一点就好，普通一点。"

但我就是不明白这"普通"是个怎样的分寸。衣物明明已经打包好，却又想"这个不行"，反复替换，花了好几天才整好行李。去蜜朗老家要住三宿，但回程时还打算一家三口去温泉玩，就准备了够四个晚上用的行李。一家人住四天的衣物相当多。

我们在机场租了车往老家开，路程可真是长。翻过了好几座山，通过了大桥，穿过了隧道，还是迟迟未到目的地。因为我没有驾照，只能把驾驶重任都交给蜜朗。我很过意不去，想着要在旁边好好辅助驾驶，很努力地与蜜朗交谈，可还是在半路上就没了记忆。等我回过神来时，周围已经是一片昏暗。

我们上午就离开了镰仓，到达蜜朗老家时已经是晚上。路上，我被扑面而来的景色压得喘不过气，感觉仿佛是来到了某个亚洲小国的深山中，彻底忘记了自己仍旧身处日本。

所以，到达蜜朗老家下车时，婆婆的一句"你一定累了，今天就好好休息吧"让我不禁有了一种奇妙的感觉：为什么她的日语说得这么拿手呢？看来即便很远，这里仍然是日本。

"初次见面，我是鸠子。一直以来受你们照顾了。"我心想在婆家面前应该规规矩矩地打声招呼。

"不用客气啦，快先进来，不然会被蚊子叮的。"婆婆却提起我的行李就回了屋里。

行李中有个纸袋里装着伴手礼鸽子饼干。当初我烦恼了很久，不知该选核桃饼好还是美铃的和果子好。最终决定送最万无一失的鸽子饼干，既好吃，保质期又长，味道一般人都能接受，从孩子到老人都爱吃。没有比鸽子饼干更适合做伴手礼的了。

递出礼物的时候该说些什么好，我也在脑海中预演过许多遍了，现在却迷迷糊糊的。蜜朗去停车了，还没回来，而 QP 妹妹已经跑进了屋子里，没办法，我只好先进蜜朗家了。

我在玄关入口刚摆放好鞋子，只见蜜朗的姐姐和她的儿子从屋内走了出来。姐姐有一头堪称完美的棕色秀发。

"初次见面——"我慌忙站起来打招呼。

"承蒙你照顾蜜朗啦。"

姐姐郑重其事地鞠躬，男孩也被她强迫着一起鞠了个躬。

蜜朗与她是一对很要好的姐弟，他经常会与姐姐在 LINE[1]

---

[1] 日本比较普及的即时通信软件，相当于中国的微信。

上互发消息。姐姐曾经嫁到大阪去了，离婚后就回到娘家附近生活。在过去的邮局楼房中经营咖啡店的就是这个姐姐。

我和姐姐站着闲谈了几句之后，蜜朗总算来了。说实话，我也松了口气。蜜朗带着我来到了饮茶室。或许是刚换了荧光灯，这饮茶室在夜间显得格外明亮。

"请进请进。"蜜朗的父亲让我们在坐垫上坐下。

仔细一看，这对父子长得还真像。虽说我事先就听蜜朗讲过，可这实在比我想象中的像太多了。正当我对这相似的容貌大吃一惊的时候——

"不行哦，他是我丈夫哟。要是你们对上眼了，咱就成三角关系啦。"婆婆用餐盘托着大瓶啤酒，边说笑边走来。

"妈妈，蜜朗他们刚从东京回来，正累着呢。"姐姐为我解围。

其实我真的很想正式地问声好，却怎么都掌握不了时机。干杯之时，我心想蜜朗应该会正式地介绍一下，便挺直了身子，可蜜朗只说了一句话：

"这是我老婆鸠子，多多关照她哦。"

接着，全家人就迫不及待地干杯了。

"辛苦了。"公公说。"恭喜。"婆婆说。"欢迎回家"姐姐说。QP妹妹和外甥雷音喝的是橙汁。

不知是不是姐姐亲自起的，男孩的名字写作"雷音"，却读作 lion。没想到"奇葩取名"[1]的潮流都影响到如此偏僻的地方了。雷音和 QP 妹妹是表兄妹关系。

我们已经在半路上的汽车旅馆吃过晚饭了。这件事也事先通知过,公公婆婆都已经用过餐了。即便如此,婆婆还是急匆匆地把晚餐余下的菜都端了出来。

我无法确切地形容,但总觉得这里与镰仓在时间流逝上的感觉是不同的。镰仓与大城市相比,时间已经够缓慢的了。而到了这里,时间仿佛处于静止与行走的交界处,不过当然是不停往前走的。

光喝啤酒有些单调,我伸手取了几颗毛豆。相邻的厨房桌上,摆放着经常寄到镰仓的蒟蒻果冻的包装袋。

"你奶奶呢?"我吃到一半才想起来,问道。

"好像已经睡了。"蜜朗告诉我。

一想到明天终于能见奶奶了,我兴奋不已。

QP 妹妹坐在蜜朗父亲盘起的大腿上,从刚才起就专注地啃着玉米。公公则是专注地看着电视上的棒球直播。

我感觉自己像是打开了"家族"这个潘多拉魔盒的盖子。

与这么多的人成为一大家子,生活在同一屋檐下,我还不敢相信这是现实。

---

[1] 日本的年青一代父母流行为孩子取一些汉字标新立异或读法来自外来语的奇特名字,这里的"雷音"并不是正常的日文读法,而是读作英语中的狮子 lion。

餐具柜上面摆放着许多照片。花瓶里插着已经在日晒下褪色的假花。还有旧式的金鱼缸、装着奖状的画框、奖杯、小芥子人偶、招财猫，甚至还有一只套着透明塑料袋的AIBO机器狗。光是饮茶室里就有三张年历。

饮茶室的一角还有一套悬挂式健身器，不过大概是没人再用它锻炼身体了，就变成了晾衣服的地方。走廊上摆着一张看上去像是刚买不久的气派按摩椅。

跟我所居住的屋子根本就不是一个世界的。说实话，刚开始因为东西太多，着实被震慑到了，不过每件物品身上一定都有一段沧桑的故事。

大家似乎都过着早睡早起的生活，晚餐后的小酌也只是两瓶啤酒就完事。婆婆为我准备了洗澡水，我先泡了澡。

走出浴室的时候，饮茶室里已经没人了，电视和灯也都关了。为了避免迷路，我小心翼翼，蹑手蹑脚地穿过走廊。找到楼梯来到二楼，只有一个房间亮着灯，悄悄窥视一下，见到蜜朗在里面。QP妹妹似乎去爷爷奶奶房间睡了。蜜朗睡的床旁，已经铺好了一套被褥。

"总觉得有点怪怪的。"我一边用浴巾擦干头发一边说。

"为什么？"蜜朗盘腿坐在床上说。

"因为这儿不是你小时候住的地方吗，现在我也在这儿了呀！"

但是，想把这种心情准确地传达给他很难。蜜朗露出了一副

"你在说什么呢"的表情。蜜朗还没有理解，对他来说是习惯成自然的家，对我来说却仿若异国他乡。

"我也去洗个澡。"蜜朗走出了房间。

我越发感叹，这是何等的人生大转变哪！丈夫的老家居然在这四国的深山中。真的无法预料人生中会发生什么呢。

我留着灯，迷迷糊糊地躺了一会儿，只见蜜朗穿着大裤衩回来了。

"你没事了吧？"

听到我的提问，蜜朗费解地露出"什么？"的表情。

"被蜈蚣蜇的地方。"我说。

"啊，多亏小鸠你来得快，做了应急处理，现在都不疼了。谢啦。"

蜜朗边说边拉绳，把电灯关了。即便灯关了也并非彻底漆黑，外面的光透过窗帘照了进来。

"来这边嘛。"

正当我打算盖上毛巾被正式入睡的时候，蜜朗却向我发出了邀请。来到蜜朗的床上，周围仿佛萦绕着一股少年蜜朗的气息。我害羞极了，紧紧闭上眼睛。这种感觉就像是回到了高中。

第二天早晨，我在青蛙的合唱声中醒来。我赶忙换好衣服下楼，婆婆已经在厨房准备好了早餐。我原本还想早早起床，像个懂事的媳妇，去给婆婆帮忙呢，结果彻底来迟了。

我正惭愧不已的时候——

"波波你再多睡一会儿嘛。"婆婆爽朗地说。

因为 QP 妹妹叫我波波，其他人也都开始这么称呼我了。

就在此时，厕所的门开了，里面走出一个老奶奶。婆婆立即大声介绍道："这就是蜜朗的媳妇。"

我也放慢语速，大声招呼道："初次见面，我是鸠子。"

"啊？"老奶奶似乎没有听清楚鸠子这个名字。

"就是波波啦，波波！"婆婆解释说。

波波这个名字她倒是知道。

"波波，大老远来这里，辛苦你啦。"

老奶奶轻轻点头致意。光是能见到老奶奶我就够开心了。

早餐之后，喝了些茶，又歇息了片刻，大家就一起去守景家的墓地扫墓。听说墓地在村落外。昨天到达这里时太迟了，一片昏暗什么都看不清，这才发现蜜朗老家周边都是一片片一眼望不尽的梯田。稻穗中已经结了米粒。

老奶奶一直到半路上都是自己推着手推车行走。不知不觉，姐姐和雷音也加入进来。QP 妹妹挥舞着从雷音那儿借来的捕虫网，蹦蹦跳跳地抓起蝴蝶来。公公手上提着水桶和长柄勺，婆婆捧着庭院前摘来的花朵，走在一起。我和蜜朗注视着众人的背影，偷偷牵起手走在后面。

蓝天、悠扬的鸟叫声、梯田、大波斯菊、小小的祠堂，一切都无比美丽。

柏油路走到了头，蜜朗与姐姐从两边扶着老奶奶，继续在田间小道上前进。

先到达墓地的公公和婆婆给墓碑浇了水，换上了鲜花。一棵大树下，简简单单地排列着几块朴素的墓碑。

我见树干旁靠着一把折叠椅，就拿了过来，在平地上展开，让老奶奶坐下。墓碑前已经点起了蜡烛，婆婆又用烛火点燃了线香。

"来吧。"

一家人在墓前排成一行。

我蹲在蜜朗的身边，也闭上眼睛，双手合十。全家人都静静地献上祈祷。

接着，忽然传来了婆婆的说话声：

"美雪呀，蜜朗他带新媳妇回家啦。因为她名叫鸠子，大家都叫她波波呢。阳阳也已经长这么大啦，你放心吧。"

婆婆话说到一半，姐姐就尖锐地喊了声"妈妈！"想制止她，但婆婆并不在意，仍旧把话说到了最后。我也已经隐隐约约察觉到，这里沉睡着的是蜜朗的前妻。

蜜朗不太愿意谈这件事，我也有意不去过问，所以我连前妻的名字都不知道。但既然来到了蜜朗的老家，就不可能继续不看、不提、不听了。

姐姐刚才大概是考虑到我的心情，才制止婆婆的吧，但我反而像是被婆婆的话拯救了。假如大家都在无形之中对我太过顾虑，闭口不提这件事，会让我更加难受。

尽管做法有些粗暴，婆婆却为我打开了一个突破口。我能感到婆婆在背后推了我一把，让我终于能好好面对这件事了。

扫墓结束，大家一个接着一个沿着坡道往下走。我和蜜朗又走在最后。

"原来她叫美雪啊。"

我一说话，蜜朗就握紧了我的手，慢吞吞地说："抱歉。"

"为什么你要道歉哪？"我问。

"因为，我好像对你过分顾虑了。"蜜朗垂下头，接着问，"你难受吗？"

究竟要选择哪一个词语，才能把我心中所想准确地传递给他呢？

"不是难受不难受的问题，我只是觉得美雪太可怜了，明明有那么可爱的女儿，肯定有很多遗憾吧，替她不甘心。"

我一说出口，眼泪就止不住地溢了出来。

"可是……"我接着说，"假如美雪没有经历那些苦痛，我就不会遇到蜜朗你了，也遇不到小 QP 了。我现在的幸福是……"

说到这里，我被蜜朗紧紧地抱住了。我现在的幸福是建立在美雪的牺牲之上的。如果美雪没有遭遇那种惨事，我也不会和蜜朗结婚。

我心里想着要赶快停止哭泣，身体却靠在蜜朗的胸膛上，哇哇地放声大哭起来。蜜朗或许也在哭。

"波波！"QP妹妹在远处呼唤我。

我的脸一离开蜜朗的胸口，就发现在他的T恤衫上留下了尿床似的水渍。

"对不起。"我道歉道。

"没关系啦，反正很快就会干。"蜜朗轻轻摸着我的头说。

我们两人牵着手回了家。

下午去姐姐经营的咖啡店喝了咖啡。QP妹妹似乎想跟雷音在一起，于是被爷爷奶奶带去当日来回的温泉玩了。或许是全家总动员，为我和蜜朗创造了一个两人独处的空间。我和蜜朗从昨天开始就好像一对热恋情侣一样。

你很难把这个前邮局咖啡店——恕我唐突——与姐姐的外表联系在一起，里面的气氛棒极了。它的出色远远超出了我的预想。小小的木造建筑物入口处，站着一个红色邮筒，店里装饰着旧邮票与明信片，还有送信用的脚踏车，等等。好几个花瓶中都插着鲜花，店堂中吹着令人舒爽的微风。侧耳倾听，还有轻轻的钢琴声。

"喜欢吗？"看我精神恍惚的样子，蜜朗快活地注视着我的脸，"别看姐姐现在是开店的，她过去可是当过造型师哦。"

对蜜朗来说，姐姐是最值得自豪的。

"小蜜遇上好女孩了，好事一桩呀。"姐姐一边用法兰绒滤布做咖啡，一边说。

"是是，姐姐所言极是。"蜜朗打趣道。

"刚才妈妈的话，抱歉啦。"姐姐把泡好的咖啡注入杯中，边端到我面前边说。

我立刻就明白她说的是墓地上那番话。

"不，没关系。我反而觉得松了口气。"我说。

"是吗？那就好。我和弟弟都经历过很多事。人生还真是什么都会发生。"姐姐望着窗外叹了口气。

"跟姐姐结婚的那男人对她家暴过。"

说完这句话，蜜朗喝了口姐姐泡的咖啡，轻声赞叹味道好。确实没错，这是杯香气馥郁、滋味浓厚的咖啡。

"我是真的没有挑男人的眼光，总是会被同样类型的暴力男人吸引。但是我弟弟看人很有眼光，没问题的。"姐姐笑嘻嘻地说。

"等等……"蜜朗阻止了正打算说些什么的姐姐。

于是姐姐就凑到我的耳畔，压低嗓音说："这孩子，以前就抵挡不了皮肤白、胸部又是碗形的女人。"

我听得耳朵痒痒，忍不住笑了起来。

"姐姐，你别对我老婆说奇怪的话哦。"蜜朗发起牢骚来。

难道说我和美雪长得很像吗？

"你们说的美雪，汉字写作什么呢？"我不知为何一直都很在意。

"美丽的美，雨雪的雪。"姐姐露出仿佛望着远处美丽雪景的表情回答。蜜朗依旧一声不吭。

"话说回来，姐姐和蜜朗的关系还真是融洽呢。"我像是在挽回气氛。

"关系有那么好吗？"

"过去还经常吵架，被你弄哭过呢。"

看来这对姐弟对此毫无自觉。

但是，在我这个独生女看来，姐姐和弟弟能这样毫无芥蒂地闲聊，让我羡慕极了。血缘关系真不是随便说说的。

当我正胡思乱想的时候——

"你们两个也赶紧要个孩子嘛。"姐姐忽然抛出了直奔核心的发言，"当然了，我其实没资格说这种话啦。不过阳菜一个人不也挺寂寞的吗？她从昨天开始就缠着雷音没放开过。"

"是啊。其实她在七夕写的愿望就是要个弟弟或者妹妹。"我坦白说。

"是吧？我对那个家暴丈夫早就没什么念想了，但还是在后悔，要是能多生个孩子再分手就好了。"姐姐说着，双手抱胸。

"小蜜你怎么想？"

被姐姐一问，蜜朗就言语含糊起来："我倒是想要，可也得考虑小鸠的情况啊……"

"欸，波波不想要吗？"姐姐的口气很是单刀直入。

"不，也不是这个意思。该怎么说好呢？我暂时还是想多当一阵子小 QP 的妈妈。我没信心同时养育两个孩子，经济上也有些紧张嘛。"连我的回答也变得不知所云了。

"别这么说嘛,不然很快就会像我这样,想生也生不出来啦!"姐姐笑着说。

这件事确实是必须好好思考的重大课题。但是,就像孩子想把作业多拖延一天那样,我也找了种种理由,避免直面这个问题。

"那可真是辛苦呀。"我半开玩笑地说。

"那当然啦,活下去这件事就够辛苦的了,净是些不如人意的事情啦。"姐姐也附和了一句,把剩下的咖啡猛地一饮而尽。

晚上大家一起去吃了回转寿司。第二天,蜜朗开车带我逛了逛高知。其实我更想帮婆婆做些事的,结果今天她又说着"没事的没事的",把我从家里赶出来了。

QP妹妹似乎不想和雷音分开,于是从昨天起我们就分开行动了。今天是姐姐来照顾两个孩子。

"好像就我们两个总是在玩,都有点不好意思了。"我边钻进租赁车的副驾驶座边说。

"没关系的,他们也是想干什么就干什么的。不说这个了,接下来想去哪里玩?"

蜜朗露出一本正经的眼神,搬弄着汽车导航器。

"想看看河。"

一提到高知,我就会想起河川景色。镰仓有山也有海,但河流只有一条滑川。

高知的山与海，与我所熟知的山海有着截然不同的规模。不论是山还是海，在这里都是大开大合、痛痛快快，一点都没有扭捏的感觉。人也一样，来者皆不拒，会大方地接纳客人，盛情款待到让人吃趴下为止。自然也好，人也好，高知在各种意义上都豪迈得让人神清气爽。

一路慢慢兜着风，蜜朗带我来到了一条叫"仁淀川"的河。停下车来步行一小会儿，就听见了轰隆隆的瀑布声。空气也变得水汽氤氲。

当瀑布下的清潭出现在面前之时，那美不胜收的景色让我仿佛飘上了天堂。水很清澈，连深潭的底部都清晰可见。水是碧蓝碧蓝的，这还是我出生以来头一回见到碧蓝的水。

"据说人们把它叫作'仁淀蓝'。"蜜朗告诉我。

"感觉真好哇。"

有小鱼在水中畅游。

"早知道要来看河的话，就该把泳衣也带上。"蜜朗露出遗憾的神色。

但对我来说，能伸脚浸浸河水就足够了。

我脱下跑鞋，用脚跟轻触水底，在蜜朗的搀扶下缓缓站起来，才发觉踩到的不是泥土，而是圆滚滚的卵石。

水非常冰凉，但这种被水紧紧拥抱住的感觉很舒服。脚浸在水中超过十秒，就冷得脚尖生疼。

我爬上石头，让阳光温暖冰凉的脚尖。闭上眼睛，隔着眼皮仍旧能看见一片片红枫叶的花样。在这里，就连鸟叫声也很豪迈。

我叉着双腿发呆的时候，蜜朗说了句"这个……"，从背包底下掏出了什么东西。接着，他将一个小小的蓝盒子递给我。

"这是我老妈要给你的。我让她自己给你，她却说婆婆送媳妇像是在摆架子，不能亲手送。真是莫名其妙的。总而言之，你不喜欢也别放心上啦。"

我缓缓打开盖子，里面装着一枚戒指。

"绿宝石？"我问蜜朗。

"好像是老妈年轻时从老爸那儿收到的。她本人倒是很喜欢，可手指已经粗得戴不上啦。我小时候的开学典礼和毕业典礼上，都能见到她戴这戒指，还有些印象。"蜜朗说。

我把它戴在左手中指上，尺寸正合适。

"我真的能收下吗？"

"只要小鸠你喜欢就好。"

这枚戒指中，凝聚着守景家的历史。说句实话，这对我来说可能还太早，但我总有一天会成为配得上这枚戒指的大人。

为了吃午饭，我们先回到了车里。蜜朗要带我去公公鼎力推荐的锅烤拉面店，接着再去看另一条河。

河流与烟花一样，看多久都不会腻。站在河边听蜜朗讲小时候的故事，简直是人间至福。下次要是 QP 妹妹一起来，露营一次，不知该有多好。或者划划小艇，或者在河里游泳、钓鱼，在河边的玩法数不胜数。

回家路上,我们顺道在路边的车站挑选了各种土特产。傍晚,又回到蜜朗家。

打开大门进入饮茶室的瞬间,只听砰的一声,纸炮仗气势隆重地炸响了。我正大吃一惊的时候,听见了"一、二"的暗号声。

"波波,蜜朗,新婚快乐!"

我还目瞪口呆傻站着,就被请上了寿星般重要的座位。饮茶室里还有家人之外的来客,餐桌上摆着满满当当的大盘菜肴。

今天一整天里,全家总动员为我准备了这场惊喜。

干杯之后,热闹非凡的"客人们"就开动了。据说在高知,所谓的宴会就该是这样的:在餐桌上用大盘装满各色菜肴。这在当地被称作"皿钵料理",我也曾经有所耳闻,但还是第一次真正见识。

"喜欢什么尽管多吃点。"

婆婆这么对我说,但种类实在繁多,我都不知该从什么下手。

"蜜朗,好好给鸠子讲讲有什么好菜。"已经满脸通红的公公催促着蜜朗。

其他人都相当随便地叫我波波,只有公公还顽固地叫我鸠子。这方面倒是有点像蜜朗。

"这个是拍鲣鱼,这边的是金目鲷的刺身。还有对面那是日本绒螯蟹，这边从盘子里钻出头来的是油炸金钱鳗。"被老爸从背后推了一把的蜜朗一样样说给我听。

"日本绒螯蟹？"

我一反问，在一旁听着我们对话的公公就露出快活的表情解释给我听。

"日本绒螯蟹这东西啊，鸠子……"

然而他的说明特别长，话才说到一半，蜜朗就已经和对面的亲戚大妈聊了起来。他想表达的意思简而言之就是——日本绒螯蟹比中国大闸蟹还好吃。

餐桌上光是皿钵料理就足够惊人了，又眼见着婆婆和姐姐接二连三地端上了新的菜肴。

"来，这是柿寿司[1]。"

"鲭鱼寿司是那边的阿姨帮忙做的。"

不光如此，那边也好这边也好，大家纷纷来给我敬酒。酒杯上还故意开了个小洞，让人必须一饮而尽才行。坐在旁边的蜜朗告诉我，这个叫作"可杯"[2]。可是我已经喝得半醉，根本没搞清是哪两个汉字。

看了看钟，还没到九点，众人却已经醉醺醺的了。我听说过这儿嗜酒之人很多，但没想到排场这么厉害。

---

[1] 高知县的乡土料理，特点是不使用米醋而使用柿子醋，并将烤鱼肉、鱼松等混入寿司饭中。
[2] 起源于汉语中的"可"字，寓意"只可取上，不可放下"，必须干杯才行。

大概是菜都上齐了，婆婆和姐姐也坐定下来，碰杯饮酒。还有人已经醉倒，躺在按摩椅上呼呼大睡。

就在此时，忽然有人大喝一声。我还以为是吵架，紧张地挺直身子，不过看来并非争吵。

"放马过来！"

随着气势十足的招呼声，两个男人面对面分别伸出手。

"之前我有没有跟你讲过筷子划拳？"

蜜朗简略地把规则讲给我听。筷子划拳，就是用筷子来猜拳决胜负，在高知似乎很受欢迎，输的人自然要罚酒。

蜜朗和姐姐就用筷子划拳来了一场对决。蜜朗在我和QP妹妹面前，总是一副成熟稳重的样子，可一旦玩起筷子划拳来，就判若两人。平日里从不发出大声的蜜朗用劲吼叫起来，显得威风凛凛。他的身体里果然流着土佐人的血啊，我仿佛再一次爱上了他。

坐在身旁的公公，低着头反复对我说了好几次：

"鸠子，蜜朗就拜托你照顾了。"

公公的酒量大概不怎么高。他喝醉了，重复着同一句话。

大家各怀心思地喝着酒，我便中途起身，来到了婆婆的身边。并没有什么特别的话要对她说，光是能待在婆婆身边，心里就舒坦极了。上代或许也想成为这样一个普通的老婆婆吧。

一个、两个，醉倒的人越来越多，宴会渐渐开始散席。我也帮着随便收拾了一会儿，看准时机，与蜜朗一起回了房间。当初散发着陌生气味的被褥，也逐渐习惯了，不觉得那么别扭了。

我和蜜朗在被子上放肆地翻滚了一会儿。

"下次一定要来吃沙丁鱼苗哦。"

我坐在车里，副驾驶一侧的车窗全开着。QP 妹妹向外探出身子挥着手，几乎快要掉出去了。我也百感交集，忍不住快哭了。蜜朗把汽车发动之后，没有一个人回家里去，全都一个劲地不停地向我们挥手。

"玩得很开心——多谢啦！"

我终于忍耐不住，泪水洒了出来。我打从心底里不想和蜜朗的家人们分别。

回程之前，蜜朗的母亲和姐姐分别向我拜托，要好好照顾他。公公昨晚也净念叨着同样的话。奶奶也叮嘱了我。大家表面上装作不在意，其实都发自内心地盼望蜜朗能获得真的幸福。我很是理解这种想法。

离开蜜朗的老家前，我看了饮茶室里摆放的照片。在这之前，我一直都心痒痒的，却故意避开不去看。但是，真的一直都很在意。

有蜜朗小时候的照片、姐姐在成人仪式上的照片，还有抱着还是婴儿的小 QP 的美雪的照片。此外还有张一家人在家门口拍的全家福。

这次的省亲，或许也包含着一层从美雪那儿继承重任到我身上的意义。我只觉得美雪亲手将最重要的接力棒递给了我。美雪把蜜朗和 QP 妹妹这两件宝物托付给了我。在蜜朗老家的这段日子里，我不停地思考其中的含义。

和蜜朗结婚之后，我就有了 QP 妹妹这个甜蜜的负担，让我无比开心。但是，甜蜜的负担还不止 QP 妹妹一个，还有奶奶、公公、婆婆、姐姐，我有了一大家子家人。名唤家族的大树还将抽出枝叶，无边无际地扩展开去。说是负担或许有些失礼，但其实美雪对我来说也是个幸福的负担。

"我一直以来都不太懂家族的温暖是怎么一回事。这次来了高知，感觉有一点明白家族是什么了。"我面朝前方，对蜜朗说。

车子正行驶在绿色的隧道中。车窗开着，或许风声太大，他听不清。我思前想后的时候，那句话其实已经传进了蜜朗的耳朵里。

"那真是太好了。"蜜朗温和地笑了。

"我们自己所了解的世界，真的只有很小的一部分呢。我每次回高知就会这么想。"蜜朗接着说。

"是啊，来到高知，才感觉到世界真的好大。就好像半开着的门，砰的一下向整个世界彻底打开了。

"大家都特别豪爽呢。"

过了一小会儿，蜜朗才慢吞吞地说："小鸠，我有个请求。"

"什么？"

我还以为他要我给他嘴里塞颗口香糖呢，但并非如此。

"你一定要活得比我长。"

从蜜朗的表情看得出来,他一直想对我说这句话,却总是说不出口。回了一趟老家,他总算能说出这句话了,让我好生心疼。要不是蜜朗正在开车,我真想立刻紧紧地抱住他。

"我会努力的。"我面朝前方说,"虽然不能确保没问题,但我会拼了命去努力的。"

我假装在看风景,其实朝着窗外流了好一阵子眼泪。蜜朗大概也在哭。调大音量的广播里,DJ正在播报明天的天气。

珠芽饭

闪闪发光的人生

夏天结束了,丹桂的香气日渐浓郁。

日本埃及艳后与理查(半)基尔的战斗还在继续。我都想撂挑子不干了,可既然自称是专业代笔人,就没脸面说这种话。

正当我为下次该如何应战而伤透脑筋的时候,男爵出现了。

"哟!"

他手上提着一个大纸袋。请了产假的胖蒂回娘家休养了。胖蒂告诉我,孩子出生之后,男爵会立刻去陪她。

"怎么表情闷闷不乐的?"男爵立刻用尖酸的口气问道。

"一向闷闷不乐的啦。"我站起来打算准备些饮料。

"不用了不用了。我正在收拾屋子呢,忙得很。"

男爵急促地说完这句话,从纸袋中取出了一个机器似的东西。他用和服的袖子把表面的灰尘拂去,出现在桌上的原来是一台打字机。

"咦,这是要干什么?这不是'好利获得'牌的吗?"

"你知道得还真清楚。"

"而且这还是 Lettera 22 吧!"

我真没想到男爵会从纸袋里取出这么一个东西。好利获得是意大利最具代表性的办公器材厂商,也是一家圈内尽人皆知的老店。他们家的镇店之宝就是这台名叫 Lettera 22 的打字机。

"果然是又光滑又漂亮啊。"我轻抚着按键,惊叹地说。我也是第一次见到实物。文字处理机就源于它,之后又诞生了更先进的 PC 机。

"你喜欢吗?"

听到男爵的提问,我用力点点头。

"那你用吧。要是在孩子出生之前没把房间整理干净,会被老婆骂的。"男爵用粗鲁的口气说。

"咦,那就是说,这台打字机你还常用?"

我还以为是装饰品呢。

"那当然了。我拿去修好了,现在立刻就能打出字来。倒是你……知道怎么用吗?"男爵没好气地说。

"你愿意教我,我当然不胜感激啦。"我低头。

"拿纸过来!"男爵突然怒喝起来。

为了争分夺秒,我慌忙从旁边取来一张当便笺用的洋葱纸。男爵把操纵杆抬起,让浅蓝色的洋葱纸滑进打字机中。接着,他扭动着旁边的旋钮来调节纸的位置。

"你想打什么字?"男爵问。

要是不立即回答,恐怕会有雷劈下来。我焦急起来,脱口而出"I love you"。在性急的男爵面前,我总是会过度反应。

我还以为会被男爵耻笑，但他什么都没说，若无其事地告诉我按着上档键就能打出大写字母、想改成红色时该怎么做。我格外好奇，为什么男爵会有这样的东西呢？但问了恐怕又会被他怒骂侵犯隐私，于是只得闭嘴。

"声音真不错呢。"听着男爵的打字声，我说道。

那声音就好似一颗颗踌躇的雨滴从天空中落下。大写字母与小写字母交织在一起，纸上排列出各种各样的"I love you"。

"有时候字母还会重叠起来呢。说句实话，用电脑软件方便多了，手指没那么累，错了也能修改。"

他说了句"鸠子你也试试"，就换我坐了下来。透过键盘空隙能看见桌面，让我觉得非常新鲜。我回想起男爵刚才做的示范，将纸夹进操纵杆中。

打字机的按键与每一个字母直接相关联，总觉得有点像钢琴的构造。钢琴奏出音乐，而打字机镌刻出文字。

我不知该用多大力，畏畏缩缩打得太轻，只出现一些淡淡的文字。

"再多用点力才行。"

在男爵的鼓舞下，我用力按下按键。

这一次倒是清晰地出现了一个小写的 m。

"我真的能收下吗？"我诚惶诚恐地问。

"这种好东西留在我那儿也是浪费。再说了，我要是不把房间收拾好了，她会上蹿下跳的。现在彻底变成老婆大人掌管天下啦。"男爵不耐烦地说。

"预产期是哪天呀？"我问。

"保密！"男爵眯起眼睛。

男爵举起单手以示道别，就离开了店堂。他的背影洋溢着即将为人父的喜悦。如果我怀孕了，蜜朗和QP妹妹一定也会像男爵一样高兴吧。

男爵离开后，我再一次坐回椅子上，抚摸这台好利获得。我端正姿势，塞入一张崭新的纸，像个打字员一样轻快地敲打按键。

嗒嗒，嗒嗒嗒嗒嗒，嗒嗒。

仿佛是在练习踢踏舞一样。

我把原来放着地球仪的地方收拾了一下，那里大概是最合适的了。

今年一到秋天，代笔的委托如同往年开始增多。也许是因为天一冷，思念之情就会变浓，人们也更想写信吧。

那个女人来到店里的日子，仿佛有画中所描绘的小阳春天气。委托代笔的客人大抵会在傍晚时分到来，而她是刚过中午就出现了。

我把上周末和QP妹妹一起做的丹桂糖浆兑上温水，泡了杯桂花茶给她。第一眼倒也看不出她年纪几何。

"我也是好久没出门了。"帽子深深地遮住双眼，这位寄居蟹小姐低语道。

"我差不多能算半个家里蹲了,你就这么叫我吧。"寄居蟹小姐亲自要求我这么称呼她。寄居蟹小姐每说一句话,都需要花费漫长的时间。

反正这店里也难得有客人来,我就耐心地等待寄居蟹小姐说下一句话。寄居蟹小姐的语气就像一只小鸟在说话。

但实际上,言语的丝线恐怕已经在她的身体里缠成了一个球,非得把手指伸进喉咙深处才能揪出来。她的每一句话或许都是在重复这个痛苦的过程。

我好想摸摸她的背,让她放轻松一点,但这也许反而会吓到她。所以我只好静静看着寄居蟹小姐与自己战斗的过程。

"我有个喜欢的人。"

寄居蟹小姐说出这句话时,已经来到店里超过十五分钟。

"是吗?"我静静地附和,"那对方是个怎样的人呢?"

为了不让寄居蟹小姐缩进她的壳里再也不出来,我小心翼翼地,像用慢镜头速度把乒乓球打回去一样,轻声询问。

"是个温柔的人。"寄居蟹小姐尽管低着头,回答的语气却很坚定。

"那是哪方面温柔呢?"我注意把话说得不像是在审讯一样,再一次用慢镜头速度把乒乓球打回去。寄居蟹小姐注视着我桌上摆放的吾亦红[1]有好一阵子了。

---

[1]吾亦红,即地榆,在本章中,吾亦红有更深的花语含意,故保留日语汉字名。

接着她又低着头开口了:"我什么都说不出的时候,他会默默地陪在我身边。我哭的时候,他会给我递手帕。想笑的时候,他会陪我一起笑。"

"真是个很棒的男朋友呢。"我说。

"不是男朋友。我想对方其实对我也有些好感……可我俩都是这样的性格,如果谁都不挑明的话,恐怕一辈子会是平行线。"

寄居蟹小姐默不作声了。我也一起缄口不言。

就这样,一段沉默的时间过去了,不经意间,寄居蟹小姐又开口了:

"所以……"

寄居蟹小姐的口气像是有谁在背后推动她。

"我想请你写封告白的信。"

到最后,寄居蟹小姐露出快要哭起来的表情。

送寄居蟹小姐离开后,因为天气实在太好了,我就给钢笔们来了次大清理。镰仓一年到头的湿度都极高,今天的湿气却难得地少,晴空万里。这么舒爽的日子,一年顶多有一次。对清洗钢笔来说,再合适不过了。

我手头现在有五支钢笔。其中两支是墨囊式的,剩下三支是吸墨式的。吸墨式中,有一支是上代晚年最爱用的写乐牌钢笔,它的特点是笔头打磨得十分狭长,就像一把长刀一样。

另一支是上代为祝贺我考上高中给我买的威迪文牌的 MAN 100。剩下的那支,就是受男爵委托写拒绝借款的谢绝书时用到的万宝龙。

我尽可能不把钢笔收起来,每天都要用一用,即便如此,隔一阵子就会有笔头被墨堵住,写起来不顺畅,这时候就得水洗笔尖了。不管是墨囊式还是吸墨式,都是可以水洗的。

当寄居蟹小姐还在说话的时候,我就想到了这回的信件搭配上代爱用的写乐钢笔也许是最合适的。它的笔头修长,写起来流畅顺滑,仿佛能将寄居蟹小姐那不善言辞的心意巧妙地引导而出。

况且,寄居蟹小姐是个无比纤细的人。要将她纤细心灵中微妙的情绪化作文字,用熟悉这一带风土的日产钢笔才最合拍。

外国的钢笔,为了方便书写字母,笔头都磨得比较圆,但这支钢笔的笔头有一定的宽度,持笔的角度不同,从极细的字到粗字都能自在写出。日语中常见的顿笔、提笔、撇捺,也能像用毛笔一样体现出微妙的线条。

只不过,这支钢笔对我来说有些太沉重了,并非物理上的沉重,而是因为这支写乐钢笔让我觉得它就是上代本人。它有时难以掌控,有时又太过一本正经,回过神来时,我已经下意识地对它敬而远之了。对我来说,握起这支钢笔很是需要做心理准备。所以除非万不得已,我几乎不会去用它。

我首先将笔中残余的墨水倒回墨水壶。

墨水倒回去之后,先用纸巾擦拭一遍笔尖,然后将笔尖从笔身上拆卸下来,沉进装水的茶杯里,很快水就变成一团墨黑,所以要多次换水清洗。再沿着笔握向笔尖的方向，用自来水把里面也冲洗干净。最后，用柔软的布料擦干笔尖上的水滴，接下来只要等它自然风干就好。

上代还在的时候，洗钢笔就是我的工作。上代几乎不会任墨水留在笔管里不管，只要稍有空闲，就立刻让我去清洗。相比她的做法，我简直太懒散了，经常是一回神就发现装着墨的钢笔已经在抽屉深处躺了很久。

几天后，我用洗净的写乐钢笔吸饱了墨水。

我一边祈祷着要将寄居蟹小姐的心意传达给对方，一边将笔尖浸入墨水壶中，旋转吸墨器的旋钮，像用吸管吸水一样，墨水就涌了上来。我从过去就很喜欢这种感觉，仿佛有一种在喝顶级果汁的满足感。

我选择的墨水是绿色的。平日的工作里，我几乎不会用到绿色墨水，甚至可以说从来不用。但是，听寄居蟹小姐说话，总觉得她的话是绿色的。

绿色是自然界中常见的色彩，而寄居蟹小姐的心意也天然去雕饰。寄居蟹小姐心中所萌生的好感，就如同植物从大地中抽出枝芽一样，毫不虚伪。自然不会说谎，也不会欺骗自己，会坦率地生，坦率地死。在我心中，寄居蟹小姐的生活态度与这片自然情景交叠在一起。

况且，绿色还是能让对方静下心来的颜色。要是能用这种颜色体现出寄居蟹小姐心中的那份深远的宁静就好了。

正式的书信基本上应该是竖写的，但这次为了酝酿出寄居蟹小姐的纯真气质，我决定横写。我选择的纸是阿马尔菲纸。说到手工制纸，或许和纸给人的印象更深刻，但是欧洲也有手工制纸的工艺。其中，意大利南部城市阿马尔菲是当初手工制纸最为盛行的地方。直到今天，他们都会以水车为动力，将木棉纤维在石臼中捣碎，注入模具，再用传统工艺制作出优质的手工纸。

百分百纯木棉纤维的阿马尔菲纸，显得十分柔润，就好像刚用化妆水拍打过的肌肤。纸的四边仍保留着通透的状态，整体非常轻盈，还有些水印文字。阿马尔菲炫目的阳光、蔚蓝的海、舒爽的风、丰饶的溪谷，一切都融入这张纸，而我要用它来传递寄居蟹小姐的心意。

寄居蟹小姐往日都是在森林中踽踽独行。即便有时会遇到死路，或者遍布荆棘，她依旧不断前行。我想象着这条漫长的道路，便想悄悄为寄居蟹小姐萌生出的"好感"鼓劲。

面对信纸，我感到有一条柔软的丝带，将寄居蟹小姐的脚和我自己的脚轻轻系在一起。接着，我搂住寄居蟹小姐的肩膀，两人三足地走入森林深处。

先日、道ばたに咲く吾亦紅を見つけました。
吾亦紅は、いつだったか、あなたが教えてくれた花ですね。
調べると、「吾木香」とか「割木瓜」などと書いたりもする
ようですが、私はやっぱり、あなたが教えてくれた「吾亦紅」
が合っているように思います。
あの時、あなたはとっさに、「吾もまた紅なりとひそやかに」
という高浜虚子の句を紙に書いて教えてくれました。
覚えてますか？
あの時のメモを、私はずっと今も大切にしています。
私たちは、お互い背中に殻を背負っている者同士だから、
いつも空が気持ちよく晴れているとは限りません。それでも、
私はこれまで、あなたの優しさに、幾度も幾度も
救われました。
決して饒舌でも、面白い話ができるわけでもない
けれど、ただあなたは私のそばにいて、同じ景色を
見てくれました。

それだけで、私はこの世界で孤独を抱えているのが自分だけではないのだと、安心できるのです。そして願わくば自分も、あなたにとっての、居心地のいいソファでありたいと思うのです。

最近になって、私はようやく、高浜虚子の読んだ句の意味を、深いところで理解できるようになった気がしています。

私も、吾亦紅といっしょです。

人並みに、あなたへの想いで、この胸をあかく染めているのです。

あなたは、吾亦紅の花言葉を知っていますか？

今の私は、あなたのもとへ、吾亦紅の花言葉を届けたい気持ちでいっぱいです。

いつか、あなたと、手をつないで森を歩けたら、どんなに幸せでしょう。

译

　　前几天，我见到了在路边盛开的吾亦红。

　　吾亦红是你在某一天告诉我的花名。

　　查了一下才知道，它又叫作"吾木香"或者"割木瓜"，我还是觉得你告诉我的"吾亦红"最为贴切。

　　当时，你灵光闪现，在纸上写了高滨虚子的诗句"吾亦为红花，悄然独自开"来向我说明。你还记得吗？

　　当时的笔记，我直到今天都珍藏着。

　　我们两个都是背着重壳行走的人，我们的天空也不总是那么晴朗，而我已经被你的温柔拯救了不知多少次。

　　我的话不多，也讲不出好听的笑话，你却愿意留在我身边，陪我看同一片景色。

　　光是这样，我就能理解这世上备感孤独的人不止自己一个，总算能放心了。我无比希望自己能成为你最舒适的一张沙发。

　　最近，我觉得自己总算能更深地理解高滨虚子的诗句的含意了。

　　我和吾亦红是一样的。

　　我亦与旁人无异，对你的思念已经将我的胸膛染红。

　　你知道吾亦红的花语吗？

　　现在的我，满心想将吾亦红的花语传递到你那里。

　　要是有一天，能与你携手在森林中漫步，不知该有多幸福呀。

写这段话的时候，我有好几次停下来，透过树梢仰望天空。天空蓝得耀眼。

将我们结成两人三足的丝带被悄然解开，我将写乐钢笔放下。听起来很故弄玄虚，但这文章就像是钢笔擅自动起来写就的。

不为人知地楚楚盛开、随风飘摇的吾亦红，让我联想到了寄居蟹小姐和她那位神秘的心上人。有关吾亦红的这段故事，是前几天寄居蟹小姐在离开时告诉我的。

写乐钢笔能像这样与自己融为一体，我也是第一次体验到。书写的时候，我一点都没感觉到沉重。就像是墨水直接从自己的指尖流出，轻轻吻着信纸表面一样，我体验到一种甜美的书写感。

第二天早晨，我重读一遍，做完最终的检查后，把信封上。装入信封时，还随着信纸放入了香袋。这样一来，对方在开封之时，馥郁的芬芳就会飘出。香味也与寄居蟹小姐的气质十分吻合。我不住地祈祷，希望寄居蟹小姐的心意能够化作一阵甘甜的微风，吹进对方的心田。

从张贴的告示中知道镰仓宫不远处空出一间铺子，也就是前几天的事。我已经想不起来之前是家旧书店还是复古杂货店了。

通过入口处的玻璃缝隙窥视店内，发现里面的货物已经几乎都被撤走了。入口附近的墙壁上，常春藤枝繁叶茂。

尽管我兴奋得想立刻告诉蜜朗，但还是花了一整晚让自己好好考虑。蜜朗和 QP 妹妹住的公寓又快要收房租了。

蜜朗现在是工作与居住都在一处的状态，对他来讲确实很方便。但从顾客的立场来考虑，绝不能说是什么好地段。这样下去，哪怕蜜朗再拼命，也不会有顾客上门。

"真是个特别好的地段呢。"

第二天，我下定决心给他打电话。其实，这么重要的事最好应该见面谈谈，但这是工作日，也没那么多空闲时间。我专门挑了蜜朗在家的时间打去电话，单刀直入地告诉他空铺子的事。

理所当然地，蜜朗踌躇起来。

"所以要不要搬到我家来？这样的话，你就只需要付店租了，而且从我这里到那家店近得很。小 QP 肯定也是和我在一起更安心嘛。"

这是我仔细思考一整晚得出的结论。我心想这近在咫尺的分居也该到头了。通过至今以来的婚姻生活，我已经很清楚地了解蜜朗是个怎样的人了。我有充分的自信，知道自己不会后悔。

"虽说我家挺旧的，住起来没那么舒服。"我说。

过了一小会儿——

"小鸠，你真的认为这样没问题吗？"蜜朗沉稳的嗓音传进我的耳朵。

"就是觉得没问题才告诉你的呀。其实我从夏天那阵子开始就一直在考虑了。一家人还是住在一个屋子里更好嘛，去你老家那趟对我的影响确实挺大的,我自己也更加想待在你和小 QP 身边啊。"我极力劝说。

因为事实就是如此,之前只是没有这样一个契机,就维持了原状。但当昨天看到空店铺的告示时,我就忽地灵光一闪。我心想,在这里的话,蜜朗或许真的能做成他想做的生意。既然已经做过各种尝试仍旧没有满意的结果,就一定存在更大的原因,倒不如横下心来做一次大胆的变革。

"那我有空了就去看看那间铺子。"

蜜朗这举棋不定的态度,让我不禁大叫了起来。

"不行!没时间给你优哉游哉的,说不定会被别人抢先呢,你可别小瞧镰仓啊。现在就跟我一起去看吧,趁现在我还能从店里走开一会儿。"

如果蜜朗就在我面前的话,我甚至想用力拍着他的背,把他往前推一把。

十五分钟后,我们两人并排着窥探空店铺里面。

"面积也刚刚好吧?"

"确实,把柜台和餐桌摆进去,感觉肯定很不错。"

"挑这儿的话,小 QP 也不必转学了。"

蜜朗还系着围裙呢,别人或许会觉得我俩很古怪。但是,我仍旧在拼命说服:"巴士车站就离这里不远,别人很可能会在回家前来光顾一下。蜜朗你也知道,这一带有好多人都是坐横须贺线去东京上班的。镰仓站周围的确有很多店,但那群人会尽量在离家更近的地方喝一杯、吃顿便饭。你现在那家店,别人根本不会想去顺便光顾。对山上的居民来说,那倒是回家的必经之路,可就算是近邻,也不得不爬好长一段山坡才能到店里呀。那对忙了一天刚回来的人来说,未免也太辛苦了。大家都在满员的电车里摇晃了好久,回来都筋疲力尽了。

"但是,一下巴士就能立刻到这儿。就下定决心,打造一家为当地人服务的店,也没什么不好啊。选这儿的话,就算换了个地方,现在的常客也不会有什么意见的。"

我一口气说完,喉咙都干了,但我总算把心里话都说出口了。

"总而言之,蜜朗,你要想得积极一点。我觉得这是一次绝好的机会。"

留下这句话后,我就跑回了店里。我贴在店门口的纸上写着五分钟就回来。

从那之后,事情就紧锣密鼓地进行下去了。

蜜朗说"事项一条一条都解决了",在旁边听我们聊天的QP妹妹听成了"一跳一跳",还模仿小兔子闹着玩。

"很快就能三个人住在一起了哦。"

听到我的话,QP妹妹就露出着魔似的表情。接着,她目不转睛地看着我,问:"永远吗?"

"永远永远。"我回答。

"太好啦——"QP妹妹跳了起来。

直到你有了喜欢的人，结婚离家为止，永远在一起，我心想。

我们想尽可能地节省开支，于是没有请人来搬家，决定自己分工搬运。每天晚上打烊后，蜜朗就拉着二轮拖车运东西，看上去就像连夜私奔一样，想笑也笑不出来。不过这对我们守景一家来说，却是迈向同居的坚实一步。

新铺子毕竟也不可能立即用起来，蜜朗把自己能修好的地方都修好了，计划明年开业。一切本应一帆风顺的。

发现那摞笔记本的时候，是个星期六的夜晚。蜜朗家的车库里随意地堆着几个装可燃垃圾的纸袋。一瞬间，我还以为是垃圾，可总觉得怪怪的，就返回确认袋子里装了什么。

把笔记本从纸袋中取出，翻了几下，我立刻就明白了，那是美雪的东西。装进纸袋里的，全都是美雪往日所写的日记。那是每两星期一张跨页的手账，不光写着当天的计划，连买的东西也详细记着，兼具了账本的功能。

手账翻到一半的时候，就出现了"检查"之类的字眼。美雪将当天吃过的东西和身体状况也都详细地记录了下来。之后，在用红色水笔写了"预产期"的十天后，留下了"生产。总算生出来了！"这行字。从那天起，美雪身为母亲的人生就开始了。

用作记录的笔主要是铅笔。文字细腻、周到，却又惹人怜爱。我从来没听蜜朗亲口讲过美雪是个怎样的人。但是，看到美雪亲笔的那一瞬间，我就仿佛了解美雪是个怎样的女人了。接着，我一下子喜欢上了美雪。

那种感觉几乎难以言喻，是一种无限接近"爱恋"的感情。爱上丈夫的前妻，连自己都觉得怕不是疯了吧。可是，我就是会无条件地喜欢上写出这种文字来的人。哪怕看再多的照片与视频，都不如文字所勾勒出的美雪清晰。

如此重要的东西，当然不能站在车库里翻阅，我连着纸袋一起带上了二楼，然后悄悄藏在蜜朗注意不到的地方。

三人一起吃过晚饭之后，我和 QP 妹妹洗了澡。但是，吃饭时也好，洗澡时也好，美雪的日记总是在我脑海中挥之不去。

我无法原谅蜜朗把如此重要的东西放在那种地方。细细一想，我几乎要流出不甘心的眼泪来。

轮到蜜朗去洗澡的时候，我哄 QP 妹妹睡着了。确认 QP 妹妹彻底熟睡之后，我把藏好的日记连同纸袋一起取了出来，然后在隔壁房间的桌上再度展开。

七夜、神宫参拜、百日初食[1]。

文字中的每个细枝末节，都流露出小 QP 诞生所带来的欣喜之情。日记中记满了当日发生的小事。

---

[1] 日本在婴儿初生后，有出生七天庆祝"七夜"、出生一个月前往神宫参拜、出生百日长出乳牙初次吃饭的习俗。

はるちゃんが、全然おっぱいを飲んでくれない。どうしたらいいの？

ゆうべははるちゃんが夜泣きをしなかったので、私もみっちゃんも朝までぐっすり

シュークリームとプリンが食べたいけど、はるちゃんが卒乳するまで、我慢、我慢！

> 阳阳一点都不肯吸我的奶，该怎么办才好？
>
> 昨天半夜阳阳没哭，我和小蜜都熟睡到天亮。
>
> 好想吃泡芙和布丁，但得等到阳阳断奶才行，一定要忍耐、忍耐！

日记里事无巨细地记载着关于美雪的一切信息。

但是，从某一天开始，美雪的一切文字都从日记中消失了。我翻过再多页，也听不见美雪的声音了。

最后一天，也就是美雪遭遇不测的前一天，她留下了这样的话——

明日は、みっちゃんのお給料日なので、フンパツしてしゃぶしゃぶにしよう！お肉（でも牛じゃなくてブタさん）と一緒にゴマだれを買ってこなくっちゃ

译：明天是小蜜的发薪日，就奢侈一下，吃顿涮火锅吧！买肉（可惜买不起牛肉，就猪肉吧）的时候顺便买些芝麻酱回来好了。

"美雪……"我在心中呼唤她。但是，我也不知后面该对她说些什么才好。我只想不顾一切地用双手抱紧美雪。

蜜朗终于从浴室中走了出来，我开口了：

"抱歉，我有些事情想和你谈谈，可以吗？"

我能感觉到，假如这件事就此不了了之，日后就会化作更严重的龃龉，伤害到我们的关系。所以即使让双方难堪，也必须好好把话说清楚。

蜜朗答应了我，走出房间一会儿，在睡衣上披了件开衫又回来，面对我坐下。

"蜜朗，你打算怎么处置这些东西？能解释一下吗？"我把美雪的日记摆在蜜朗面前，开门见山地说。

日记总共有五本。蜜朗沉默不语。

"刚才我大致看了看里面的内容。这是很重要的东西吧？不管是对你，还是对小 QP 来说，都特别重要吧？如果我没想错，你该不会是想把它们扔掉吧？希望你能给个让我能接受的解释。"

过了一小会儿——

"抱歉。"蜜朗用沙哑的嗓音低语，"我也犹豫了很久，但还是觉得把这种东西带去你家，会对不起你……"

"'这种东西'？这可是美雪活在世上的证明哪！"

"但是我总有一天也得放手啊。我觉得这次就是个好机会。"

"那你也不能把它们跟不要的 T 恤或者袜子混为一谈啊。"

QP 妹妹正在隔壁房间熟睡，说话不能太大声。我已经尽可能压低嗓音说话,却还是禁不住越来越大声。

"可是,我一直把前妻的笔记本留在身边——坦白讲,小鸠你也会觉得反感吧?"

"这根本就不是反感不反感的问题,这是你的人格问题吧?"

说着说着,我就难以抑制感情,泪水涌了出来。

"我的人格怎么了?我就必须背负着'受害者的丈夫'这个名头过一辈子吗?好不容易再婚了,有了新的伴侣,难道还要让我一辈子都逃不出那片阴霾吗?我已经受过够多的痛苦了,也尝过够多艰辛了啊!

"你以为我把这些笔记本扔了,回忆就会消失了吗?美雪还好端端地活在我和女儿的心里呢,而且会永远地活下去。这些笔记,我读过不知多少遍,差不多全都能背出来了。发薪日有什么了不起的?奢侈一下吃顿涮火锅?要是没这打算该有多好!我要是说用冰箱里的存货凑合一下,她就不会被卷进那场意外了。事发前一天,美雪问我明天吃什么,是我说要吃涮火锅的。为了这件事,我一直在自责。但我再怎么自责,美雪也不可能回来。这就是现实啊,时间是不可能回到过去的啊,我只能向前进啊!"

蜜朗也哭了。他的泪珠打在桌上,发出啪嗒啪嗒的响声。我第一次目睹蜜朗发自内心地叫喊,有些不知所措。

"那也不至于扔掉呀。也许你以为是在顾虑我的感情,但我反而受到伤害了啊。我很喜欢美雪,非常非常喜欢。我没见过她,说这话也许有些奇怪,可我们要是能见面,一定能成为好友的。是我擅自对美雪产生了友情，我想在今后还能和美雪和睦相处下去，所以蜜朗你也没必要把美雪强行从自己的人生里赶出去呀。"

"强行把她赶出去？我从来没这么想过呀。"

"可我每次来这儿，你都会把佛龛的门关起来，不是吗？这种做法也很失敬呢。对美雪也好，对我也好——你越是顾虑，就让人越在意，还不如扫墓时像婆婆那样把美雪的名字大声叫出来呢，那反而让人爽快多了。

"蜜朗你根本就不理解我的想法。别以为我比你小几岁，就能把我当孩子耍。"

我和蜜朗在此之前的关系，也许是太过于风平浪静了。说着说着，我都不明白自己说的话究竟对不对了。然而，我就是不想输给蜜朗。

"今晚我先回去了。"我从椅子上起身，平静地说。

总觉得和蜜朗在一起就难受极了。

我小心留意不把 QP 妹妹吵醒，在衣帽间里换了身衣服。

离开时，摆放在厨房里的珠芽饭团映入我的眼帘。我也是读过婆婆写的便笺才知道珠芽就是红薯的幼芽，是秋季的时令美味。

我跟蜜朗说好像没吃过珠芽，蜜朗就劲头十足地给我煮了珠芽饭。稍微撒一点盐来提味，就更加好吃了。我说把剩下的珠芽饭捏成饭团当明天的早餐吧，蜜朗刚才就捏好了饭团。

看到那些饭团，我再次流出眼泪。连我自己都不知道要朝哪里去。

"晚安。"我轻轻关上大门。

然后，我一个人走在夜路上。我心想蜜朗没准会追过来，但他并没来。呼出的热气越来越白，天很冷，我迈开大步往回走。

我忽而感觉到哪里传来人的声音，抬头一看，见到一片美得让人怀疑眼睛的星空，那真称得上闪闪发光。真想和蜜朗一起仰望这片夜空啊，也好想让QP妹妹瞧瞧啊。

想到这里，我就觉得自己空虚极了。

星期天我去了茅崎看电影，星期一去了左可井吃午饭。左可井是净妙寺杉本观音前的一家海鳗饭专营店。

细细一想，才发现已经有好几个月都没独自进店吃午饭了。我根本没料到还会有想要一个人待着的日子，可我现在就是想要独处，我不想让任何人闯进自己的心里。

因为附带汤汁、小菜和玉子烧，我就点了份海鳗饭套餐。我是从上代那儿知道这家店的。说是从她那儿知道，其实并非直接听说，而是她在写给静子女士的信里，总会时不时提到左可井的海鳗饭。上代在信中写道，想要犒劳一下自己，单独去美餐一顿时，就会毫不犹豫地选择去左可井。

逢年过节的正餐吃鹤屋的日本鳗，平日的犒赏就吃左可井的海鳗饭，未免太一板一眼了。她还真喜欢这些细细长长、扭扭曲曲的美味呢。

我看着种在院子里的梅树，动筷品尝海鳗饭套餐。每一口的滋味都惹人怀念。炒豆渣、腌黄瓜、味噌汤、蜜煮大红豆、昆布煮杂鱼，吃到一半，就觉得好像在吃上代做的午饭。最让我惊讶的是玉子烧，味道甜甜的，又弹性十足，和我怎么模仿都学不会的上代特制玉子烧简直如出一辙。

当然了，海鳗饭也很美味。新鲜出炉的柔嫩海鳗香气扑鼻，看来油脂十分充足。

可是，享受着这样的美味，却没有能说一句"真好吃"的对象，让我无所适从。我感到好冷清，好空虚，好孤寂。是因为能够乐享孤独的季节已经从我身上流逝了吗？

蜜朗说的话并没有错。

当初，蜜朗背起我时，这么对我说——

与其去追求已经失去的东西，不如好好珍惜现在掌心中拥有的东西。

这句话很多次拯救了我。我能从肯定的角度接受上代与我的关系，也是多亏了这句话。

我想表达的意思与蜜朗想表达的意思，或许在根本上是相同的。不过，把美雪的日记丢弃与留在手边却是截然相反的行为。

美雪会做出怎样的选择呢？假如自己身处美雪的立场，会怎么做？

看到门口有客人排起了队，我早早地离开了餐厅。但我还不怎么想回家，于是绕道去了报国寺。报国寺的竹子非常有名。星期天的早晨有坐禅会，我也参加过好几次。真是没来由地想看看竹林。

我付完参观费，买了抹茶券，来到寺院深处，在翠竹庭院前饮用抹茶。

竹子是多么高洁呀！它们毫不迷惘、一心向天伸展的姿态让人煞是羡慕。抬头仰望，看似一支支独立的竹子，顶上的枝叶却交相支撑着，而它们的根系也全都联结在一起，总觉得就像个大家族一样。

闭上眼睛，水声和鸟叫声格外突出。从竹林洒下的细碎阳光透过眼皮摇晃着。竹林就像在教导我：顺从内心活下去吧。从对面吹来了清爽的微风。

我缓缓睁开眼睛，仿若刚完成使命的竹叶就扑簌簌地在空中优雅地回旋着飘落下来。看到这片竹林，我七上八下的紊乱心绪，也似乎变得轻快了一些。

紧抓着过去不放的人，原来是我自己吗？

我仰望着竹子，开始继续思考"如果我是美雪会怎么选择"。她一定想让心爱的人笑着度过每一天，就算自己在这过程中被淡忘了也无所谓。她一定期盼着亲人不要被过去束缚，而是向着未来活下去。

回家路上，我穿过田乐辻子小道，来到 LA PORTA 旁边时，忽然心血来潮，看了看 Bergfeld 的橱窗，里面摆放着刺猬蛋糕。它们那似乎在等待我的仰视目光可爱极了，我条件反射般地将剩下的三个全都买了。这就是刺猬蛋糕的成年人抢购法。

回到家里,沏好红茶,我先吃了两个,之后午睡了一会儿。晚饭就简单吃了点茶泡饭,把剩下那个当甜点吃了。

吃得太撑难受起来,为了消食,我把佛龛周围都打扫了一遍,里面积了不少灰。我把装着上代与寿司子姨婆的照片的相框表面也擦拭得干干净净。接着,我把放在周围的东西都收拾起来,在旁边腾出空间。

就把美雪的佛龛放在这儿好了。把两个佛龛并排摆放也许很稀奇,但我觉得对自己来说,这才是正确答案。难以忘怀也好,渐渐淡忘也罢,二者都很重要。我和蜜朗这场夫妻吵架,并没有谁对谁错,是打了个平手。今天一整日的独处,让我意识到了这件事。

回过神来,我忽然很想写封信。没时间去精心挑选纸笔了,我随便从身旁取来一支三菱的 uni 水笔,迅速地把现在的心境写成文字。如果打了草稿,最关键的精华一定会全都消散,所以起笔就是定稿。我想把自己的心原原本本地化作文字,传递给蜜朗。

最后我用平假名写下"鸠子",把笔放下。我只是拼命地想传达心意,完全没有刻意去写得更漂亮,这绝对称不上好字。明显有错字的地方,我还用修正带涂白之后,改成了正确的字。

平时的代笔工作中,用修正带是大忌,但这是给自己人写的信,心气最重要,这回就得过且过吧。

ミツローさんへ
この間は、一方的にミツローさんを責める形になってしまい、ごめんなさい。
あの後、家を出てしまったことを、後悔しました。せっかく家族三人で過ごせるはずだった日曜日の朝を、台無しにしてしまいましたね。
QPちゃんも、朝起きて、みんなでむかごご飯の焼きおにぎりを食べるのを楽しみにしていたのに、本当に悪いことをしてしまいました。あんな身勝手な行動をとった自分を、反省しています。
でも、今回のことで気づいたこともあります。
やっぱり、私たち、一緒に暮らさなくちゃダメです。
ひとりぼっちがこんなに味気ないものだということを、思い知りました。
ひとりでいても、自分の体温はわかりません。でも、自分以外の他の誰かと肌をくっつければ、自分の手があったかいとか、足先が冷たくなっているとか、感じることができます。
ミツローさんとQPちゃんと家族になれたことが、私の人生を思わぬ方向に押し広げてくれました。私は今、魔法のじゅうたんに乗っている気分です。知らなかった世界を見せてくれて、本当にありがとう。
こうなったら、どこまでも行って、まだ見ぬ世界を見てみよう
と思うのです。
よく考えると、こんなふうに落ち着いてミツローさんに手紙
を書くのは、初めてですね。
プロのシェフが、家で料理しないのと一緒で、私も
日ごろ仕事で手紙を書くことが多いので、プライベートでは、
逆に筆不精になっていました。ごめんなさいね。
でも、本当は私がもっとも手紙を書かなきゃ、いえ、書き
たい相手はミツローさんなんだって、今、手紙を書きな
がら気づきました。
私、ミツローさんが大好きだよ。
そうそう、美雪さんのダイアリーに関しては、私が
ミツローさんから引き継ごうと思います。それで、
どうですか？
そうすれば、ミツローさんは手放せるし、私は手元に
残すことができます。
簡単なことなのに、そこにたどり着くまで時間がかかって
しまいました。
ミツローさんにはちょっと不思議にきこえるかもしれない

けれど、私は、モリカゲ家は、四人家族なんじゃないかと思うのです。ミツローさんとQPちゃんと私と美雪さん。四人で暮らしているのです。
ミツローさんにとっては、夢のハーレム状態！
さっき、祖母の仏壇の脇に、美雪さんの仏壇を置く場所を作りました。
私もミツローさんもQPちゃんも、木の股からある日とつぜん生まれたわけではないもんね。
そのことを、高知に行ってから、ぼんやり考えるようになりました。
いつか、こんなふうに、美雪さんにもちゃんと手紙を書きたい。今はまだ書けないけど、いつか、きっと、と思っています。
週末、会えるのを楽しみにしています。でもその前に、引っ越しの荷物を運べそうだったら、いつでも持ってきてください。
早く、かわいいムスメにも会いたいなぁ。

　　　　　　　　　　　　　はとこ

蜜朗亲启：

前几天的那件事，最后变成我单方面地责怪你，真是对不起。

之后我还离家出走，也后悔极了。星期天的早晨本应是一家三口共度的好时光，却被我糟蹋了。

小 QP 明明很期待早晨起床一起吃烤珠芽饭团的，我却做出了格外过分的事。对于自己那样任性的行为，我正在反省。

但是，因为这次的争执，我也意识到一件事。

那就是，我们必须生活在一起才行。

我彻底明白了独自一人原来是如此乏味。

一人独处，我不知道自己的体温。可是，当肌肤与自己之外的人贴在一起，就能知道自己的手是否温暖，自己的脚尖是否冰冷。

与蜜朗和小 QP 成为一家人之后，我的人生被推向了一个意想不到的广阔空间。我现在就好像坐在一张魔法毯上，你们让我看到了未知的世界，真的要说声谢谢。

我想，既然如此，不如就去更多的地方，看看还未见识过的世界吧。

细细想来，像这样沉下心来给蜜朗你写信，还是第一次。

就好像专业的大厨在家不做菜一样，我也是因为日常工作中写信太多，反而在私下成了个笔头笨拙的人。真对不起。

但是我最应该写信的对象——不，是最想写信的对象其实就是你。我在写这封信的时候才意识到。

我最喜欢蜜朗了。

对了，关于美雪的日记，我想从你手里接过来，由我来保管，你觉得如何？

这样一来，你就终于可以放手，而它们也能留在我的身边了。

明明是很简单的事，到这一步却花费了许多时间。

有件事你听起来或许会觉得匪夷所思，其实我觉得守景家或许是个四口之家。蜜朗、小 QP、我,还有美雪,我们四人生活在一起。

对蜜朗你来说,简直是梦幻般的后宫状态!

刚才我在外祖母的佛龛旁边腾出了地方放置美雪的佛龛。

不论是我和你,还是小 QP,都不是哪天突然从石头里蹦出来的,自然有人之常情。

去了一趟高知之后,我就有意无意地在想这件事——

我希望有一天,也能像现在这样,给美雪认真写一封信。虽然现在还写不出来,但总有一天,一定会写的。

我很期待与你在周末相见。但如果在那之前还有东西要搬过来,请随时来我这里。

真想赶快见见可爱的女儿啊。

鸠子

我没有花一整晚靠在佛龛旁边，也没空在第二天早晨反复检查。说白了，这就是封私人的信，没必要那么做。

我在信封上写好收件人姓名，就立刻折叠信纸装了进去。信纸和信封用的都是多余的存货，完全不成套。为了表示最起码的歉意，我贴了一张最喜欢的邮票——最近刚发售的兔子邮票。然后我出门来到最近的邮筒旁。

外面像半夜一样静悄悄的。蜜朗总对我说，天黑了就尽量不要一个人在外面走了，可我喜欢偶尔品尝一下这鸦雀无声的寂静，仿佛只有自己一个人被留在这世界上一样。

我明白，把信直接投进蜜朗家的邮箱肯定快得多，但这种不知何时能送到的暧昧之感也别有一番滋味。

我们顺利地和好了。果然没错，发生这种情况时，把自己的想法坦诚地说出来、写出来是最好的。我与蜜朗面对即将到来的同居生活，再度团结一致。

对蜜朗来说，如何处置美雪的遗物似乎是最大的问题。正因为他想独自解决问题，才陷入了烦恼之中。假如把我和 QP 妹妹叫来一起解决的话，乍看像块巨岩一样庞大的问题，也会变得像石子一样渺小。

最难的，就是不能什么都留下，也不能什么都扔了。而能够精准做出判断的人，不是我也不是蜜朗，而是 QP 妹妹。

比如说有一件美雪经常穿的正装大衣，我们正烦恼该如何处置。蜜朗有好几次都打算要处理掉，但又舍不得，结果没扔掉。

"凝聚了许多回忆，想要放在身边的东西，还是留下比较好，免得舍弃了之后又后悔。"我说。

"倒不是说有多少回忆，其实这是她本人特别喜欢才买的大衣，价格好像挺贵的。"蜜朗低声嘟哝。

听到这句话，QP 妹妹干脆地说："谁都不穿的话，大衣就太可怜了！"

"不过，小 QP 长大之后说不定真的能穿哦。"我说。

"不穿。"她一脸认真地回答，接着还提议，"送给难民穿吧。"

看来学校里已经教过难民问题了。确实，直接扔了太过可惜，如果有人能珍惜美雪的遗物，就给别人好了。这样一来，美雪的大衣也不会浪费掉了。

"美雪也经常会去捐款呢。"蜜朗说道。

"是啊，日记里也经常会写今天捐了一百日元之类的话。这么做大概是个好主意。"我也表示同意。

于是我们决定，从美雪的衣物里挑选出还能穿的，洗干净后捐给志愿团体。真是个妙计。

美雪的照片全部交给 QP 妹妹。哪怕 QP 妹妹再也不记得美雪，她毕竟也是生下 QP 妹妹的人。

"偶尔也让我看看哦。"

听到我的请求，QP 妹妹露出笑容说"好啊"。另外，美雪常用的牙医诊察券和化妆品积分卡，趁此机会全都被处理掉了。

我们打算把双层床先拆了，然后重新组装，摆放到 QP 妹妹的房间里。我曾经住过的房间给 QP 妹妹住。

我们也讨论过只用一层床，另一层谁想要就拿走的方案，不过今后说不定 QP 妹妹还会有弟弟或者妹妹诞生，所以还是决定保持原状。假如有客人要住宿，就让他睡在双层床上。

冰箱和洗衣机，我家就有能用的，蜜朗家的已经相当陈旧，所以请家电回收员来收走了。我家没有微波炉，就直接用蜜朗在用的那只。当然了，微波炉也是用二轮拖车搬过来的。

我们打算在十一月底完成搬家的所有工作。

QP 妹妹的练字课程大概以半个月一次的步调在继续，基本定在星期六下午。

小学一年级学到的汉字也不少。比如"空""花""金""草"，都是一年级教的。

在这些字里，"一""二""三"尤其难学。越是第一眼看上去很简单的汉字，想要体现出微妙的味道就越难。

我到现在都没写出过一个让自己满意的"一"来。QP 妹妹写的"一"反倒是完美极了，没有一点迷惘和杂念的"一"显得堂堂正正。她一定是根本没想过要写得多么好，所以才能写得这么好。

而今天要写的是"生"字。

我先用楷体写出一个示范，在后面用手扶着 QP 妹妹，直到她掌握笔顺，才让她自己练习。

我在她身旁也提起笔来。我得在他们俩搬来这屋子之前，把新的姓氏门牌写好。我早就计划要写了，可这事拖着拖着，就到了最后期限。我要把原本门牌上的"雨宫"换成"守景"二字。

写"守"字时，我想象着一家三口相互依靠、和睦生活的情景，还算像模像样。但"景"字写起来就相当困难，搞不好，上面的"日"和下面的"京"就会分崩离析。我也明白自己的字远远比不上上代写的"雨宫"二字，但门牌毕竟是一家的脸面，我可不想丢人现眼。

然而，越是强烈地渴望要写好，写出的字就离自己心目中的理想越来越远。不能太粗犷，又不能太纤弱，要让每个人都能读懂，又不能太过讨好别人，还要坚韧刚强。我想写的是这种字，实际动笔却怎么也写不好。

"老师，我写完了。"

一直在默默练习的 QP 妹妹隔了好久开口了。我们姑且约定在练字时要讲敬语，QP 妹妹一丝不苟地遵守了约定。

"写得真漂亮。"

我一看，只见她用强有力的笔触写下了"生"字。

"生"字源于草木在地表生长的象形文字，据说词源是"有生命萌发"，因此衍生出了生长、生产、生活、生机、生动、诞生、生成、滋生、生鲜、生存、生殖等含义。

我用红色的墨汁，在写得好的位置画上圈，在有待改进的地方写上注意点。我并不是不认可她已经写得足够出色,但立刻发一朵小红花就称不上修行了。当然,我并不会从鸡蛋里挑骨头。

QP妹妹再一次投入"生"字中去的时候,我也再次集中精神,开始练习"守景"二字。

我遐想一片美妙娴静的光芒笼罩着整个家庭,动笔书写。

只可惜,书道并不是光靠花时间练习就能接近理想字形的。

也许一定程度上是有效的,练到一半还有长进,但过了某个点之后,集中力又会变得涣散。

心一乱,字也会变得不尽如人意。如何捕捉集中力到达顶点的瞬间,才是关键所在。能在书写时下判断的只有自己。

就是现在!我听到了传来的声音,再一次细心地磨墨。

接着,我在垫布上摆放好木板。

先让毛笔吸饱墨汁之后,在砚台边角调整墨量,然后毫不犹豫一口气运笔。书写时什么也没想。

守景

只是写两个字而已,居然会这么紧张,对我来说也是久违了。我不敢说是满分一百分,但至少能打个八十五分。达到这个程度，即使是上代也会表扬一句"马马虎虎"吧。从下个月起，这两个字就会装点我们家的门面。

练完字，与 QP 妹妹一起喝茶吃点心之后，我把她托付给隔壁的芭芭拉夫人照顾，自己骑上脚踏车去了一趟豆腐店。今晚要做豆腐煲。

上代曾经感叹过：镰仓明明住了这么多人，豆腐店却格外少。我也深有同感。小町那边或许会有几家卖豆腐的，但那只是招呼观光客的商家，镰仓的居民不会特地去那儿买。精致的包装对我来说根本无所谓，我只是想吃些镇上做的普通豆腐而已。

正当我为此思前想后的时候，几天前，我终于发现了一家豆腐店。地点在今小路上，位于从市政厅所在的十字路口往寿福寺去的半道上。

不过我路过时已经关门了。那家店似乎每星期只营业两天。而且据说真是家古色古香的店，可以自带锅子或者容器去装豆腐。

为了躲开人潮，我走了一条秘密捷径。

这条捷径几乎只有本地人才会走。在若宫大路和小町大路之间延展开的这条小巷，总是毫无粉饰，无比安稳。每当从这里穿行过去，心情就会变得澄澈通透。车子开不进来，小孩和老人都能放心在此行走。

我也从脚踏车上下来，推着行走。

民居的围墙边有山茶花盛开，野猫在阳光下像软糯年糕似的舒展身子。

尽管会稍微绕些远路，我还是在雪之下教堂那儿转了弯，横穿段葛，再一次穿过小町路，从下一个路口往北走。从圣米歇尔教堂处左拐，接着越过铁路，就能几乎完美地避开人流，来到今小路的豆腐店。一切都在我计算之中。

如果不用这种秘密绝招，在周末的镰仓简直是寸步难行。不管到哪儿都是人、人、人，想随便出门买点东西可不是那么轻而易举的小事。要是没被评上世界文化遗产就好了，镰仓的居民私底下都这么想。

绢豆腐和木棉豆腐，我各买了一块。提到豆腐，我必然会首选绢豆腐，可蜜朗坚持认为木棉豆腐才是个中精华。为了一块豆腐发展成夫妻吵架就太蠢了，于是我把绢豆腐和木棉豆腐都买下来，各放一半来煲汤。另外还买了炸豆腐饼和豆奶布丁。

从豆腐店回家的路上，我忽然想起什么，又绕道去了寿福寺。

我在参道入口处停下脚踏车，空着手爬上山门的阶梯。这是上代很喜欢的地方，也留有蜜朗背起我的美好回忆。

说一切都是从这里开始的也不为过。山门口的树木似乎正争先恐后地准备染上秋色。

我小心关注着摆放在车筐中的豆腐，绕道多走了几步，还去了北条政子的墓地。虽然距离没多远，但毕竟是个寺庙，有一种外出远足的感觉。巨大的石雕高台之一就是政子的墓，不论何时来访，都会看见那里插着漂亮的鲜花。

QP妹妹和芭芭拉夫人好像在玩填图游戏。我把顺便买来的豆奶布丁递给芭芭拉夫人。

"下个月开始，我们就要生活在一起了，请多关照啦。"我郑重其事地向她报告。

"哪里哪里，还要麻烦你们关照呢。"芭芭拉夫人也郑重其事地低头回答，"要热闹起来了，真开心呀。"

"不过说不定会吵到你。如果太吵，一定要直说哦。"

以前是我和芭芭拉夫人各自独居，从隔壁传来声音反倒是添了几分情趣，近邻间相处得很和睦。但我这边变成三个人之后，生活噪声会增加，说话声听多了也会让人生厌。我意识到这一点，就惴惴不安起来。千万不能因为我们的同居而让芭芭拉夫人的身体感到不适。

"波波，脸色别这么阴沉嘛。不是要'闪闪发光'嘛，对吧？"

"是呢，要'闪闪发光'呢。"

蜜朗的前妻是怎么去世的，这件事我只对芭芭拉夫人说过，所以芭芭拉夫人说的"闪闪发光"就愈加给人慰藉了。没错，我还有"闪闪发光"魔咒。

我先回了一趟家，在脖子上绕上围巾，拿着豆腐来到外面。星星都已经出来了。山茶文具店的招牌山茶花也鼓起了一个个花蕾。

明明之前那么热闹非凡，等回过神来，丹桂的香味已经不见了。

反倒是不知从哪里飘来了焚烧落叶的气味。凉凉的空气深处，飘荡着一丝烟气的味道。

"回家吧。"

我握住QP妹妹的手。温暖、柔软，但内在坚强柔韧，不论多少次握住QP妹妹的手掌，都会让我沉浸在幸福之中。

距离同居还有一星期。

像这样在星期六傍晚朝蜜朗家走去的情景再也不会有了，想到这里还有些依依不舍。周末婚姻倒也别有一番乐趣。

明天就是开始同居的日子了，我在二楼晒被子的时候——

"不好意思——"

店里传来尖锐的嗓音。

"好的——请稍等一下。"

如果不趁现在晾了，低地的湿气就会让被褥变得沉重无比，于是我赶忙把被子从家里都抱了出来。

我把被子摆在原地，奔回店堂，只见可尔必思夫人就站在那儿。

"这里怎么搞的？比叶山还冷呢。"

可尔必思夫人的腿哆哆嗦嗦的，身子都在颤抖，我立刻给暖炉生了火。

"我这就去给您做杯暖茶。"我站起身来。

"我又想请你代我写信啦。"可尔必思夫人在我的背后说道。可尔必思夫人今天同样穿了一身蓝色波点服装。

我在厨房调了一杯柠檬暖茶。这是我用蜂蜜、柠檬与生姜、肉桂、丁香、小豆蔻事先腌制好的。接下来的日子里,还可以与温好的红酒调在一起,做成热红酒。

我把柠檬暖茶摆在盘中端过去,可尔必思夫人正在专注地用圆珠笔试写。

"这支笔,写起来真舒服呢。"

可尔必思夫人手中的那支,就是我最推荐的水性圆珠笔。

因为才给暖炉生火,山茶文具店中依然弥漫着灯油的臭味。正是因为觉得有些不好意思,我才给可尔必思夫人做了柠檬暖茶。可尔必思夫人已经主动坐在圆椅上了。

可尔必思夫人第一次出现在山茶文具店的时候,大概是两年前的夏天。我最初接到的是写一封吊唁信的委托。

没多久,可尔必思夫人的孙女木偶妹妹出现在了店中。当时还是小学生的木偶妹妹想请我给老师写一封情书,但最后以没写而告终。

之后我又得知,为可尔必思夫人代笔写信,使她与丈夫重归于好的人就是上代。从那以后,每当我快要淡忘的时候,可尔必思夫人就会悄然出现,买些文具就走,委托代笔仅是最初的那一次。

"这次有何贵干呢？"

可尔必思夫人太过沉默寡言，我只能亲自询问。

只要是为其代笔过一次的人，我就能够轻松地应对。虽说是一段短短的时间，但在代笔期间，我必须彻底变成那个人。我会透过那个人的心之眼，窥见那个人的人生，便不再觉得是陌路人。

"究竟该怎么办才好，我很头疼……"

可尔必思夫人叹了口气。和平日里干脆爽快的可尔必思夫人相比，她现在的模样明显很古怪。

"瑞穗她……生病了。"

听到瑞穗这个名字，我一瞬间就做好了那又不是人的心理准备。上次的吊唁信其实是为熟人饲养的宠物猴祈祷冥福的信。

但这回似乎并不是什么动物了。可尔必思夫人口气沉重地继续说：

"瑞穗啊，我借过钱给她。说是借钱，其实只是我代付了钱吧。已经是挺久以前的事了，我们两个一起去奈良旅行，当时，我把新干线的车票钱一起付了，直接把车票递给了瑞穗，她也就收下了。我垫付的钱没有当即收回，结果就不了了之了。"

房间总算暖和了起来。外面的太阳已经有些西沉。

插在小花瓶中的是一枝茶花。果然如同上代所写的，茶花的花朵好似小小的山茶花，看着让人心头暖洋洋的。

"确实会有这种事呢。"我喝着温度降到最合口的柠檬暖茶，附和道。

"她本人一定已经忘了,所以我知道她是没有恶意的,但是我一直都很在意。只不过是张新干线的往返车票,我也知道没什么大不了的,但是心里面的那个疙瘩怎么都绕不过。

"已经是好几年前的事了,我也都快忘光了。

"可是,她本人联系我说生病了。我说这话可能不太好,但假如瑞穗就这么去世了,我在她去世之后,肯定会一直想着这笔借出去的钱。

"该怎么说好呢?我怕自己没法纯粹地为瑞穗的死而悲痛啊。

"而且为了区区几万日元就磨磨叽叽的,连我自己都觉得很讨厌,真是太丢人了。

"我要是总想着这件事,就会一直忧郁下去的。"

把这些话说给我听之后,可尔必思夫人的心情有没有舒缓一些呢?至少比刚才来店时的语气轻快了一些。

"瑞穗的病很严重吗?"我想这也许很重要,就直达核心地提问了。

"她本人只是说在住院,所以我也不太清楚,也许不会像她讲的那么简单。她离婚了,也没有孩子,能陪在她身边照顾她的人没几个,其实我也想尽自己所能去帮帮她的。

"但是,那笔钱的事让我在意极了。

"你想啊,她既然住院了,就肯定要花各种费用对吧?我又不能冒失地让她还钱,真的头疼死了……

"所以我就灵光一闪，想求你再替我代笔一封信。"

"灵光一闪"这措辞真是很有可尔必思夫人的风格。但是，既然连人生经验比我丰富的可尔必思夫人都感到头疼，就代表这件事不是我能轻易对付的。代笔工作每次都有一连串的艰难险阻，这一次看来难度又上了一层楼。

"你会为我写信的吧？"

可尔必思夫人用恳求的眼神注视着我。

"不愿意"这种话当然说不出口。假如是上代，绝对会接下这份委托的。不过现在的我能否写出一封具有足够说服力的信来解决这个问题呢？说句实话，我并没有自信。要是弄巧成拙，恐怕会将可尔必思女士和瑞穗之间的关系引导至更糟糕的方向。

"能给我点时间考虑一下吗？"

假如不能就别说能，我只是单纯地这么想而已。从结果上来看，大概也是在保护可尔必思夫人。

"好，在你下定决心之前，我就等着吧。今天我就买刚才那支圆珠笔，直接回去了。"

可尔必思夫人霍地从圆椅上站起来。我也起身取来可尔必思夫人挑选的圆珠笔，装进她的口袋，收下现金。

可尔必思夫人离开店堂的时候，外面已经彻底天黑了。

门牌换上去了，美雪的佛龛已经来到我家，QP妹妹的房间也收拾好了。为了心情舒畅地迎接父女俩，我擦亮了窗户，还把厕所仔细清洗了一遍。从未料到会在这生我养我的屋子里与蜜朗和 QP 妹妹一起生活，光是想象一下，就不由得露出傻笑。但这即将成为现实。

我等不及了，中途就跑出去迎接他们。父女俩刚好在穿过二阶堂川上的那条桥。蜜朗咔啦咔啦地拖着行李箱，QP 妹妹背着书包。

"欢迎回家！"我在桥畔大声喊。

"要给你添麻烦了。"蜜朗沉稳地说。

"这家的主人已经是蜜朗你了，抬头挺胸一点。"我想着刚挂起的新门牌说道。

就这样，守景家终于幸福地生活在同一屋檐下了。

不过，实打实地开始同居生活之后，才发现到处都有意想不到的情况。

有一大堆衣服要洗，在厨房洗碗的时候也与独自生活时截然不同。冰箱里必须常备许多食物，否则就会不放心。打扫稍微懈怠一些，屋子立刻就会变脏。

蜜朗正在为了明年新店铺的开张而艰苦奋斗，这段时间里会暂时没有收入，只能由我在经济上想想办法了。养家糊口终于让我理解了上代身处的立场。上代也曾经为了让我吃饱饭而拼命工作过吧。

在开始同居前，我还兴奋地期待过从今往后就能每天都全家一起吃早饭，可实际情况差太远了。光是能准时把 QP 妹妹送去学校就已经快耗尽全力，早晨总是顶着一头乱发，手忙脚乱地东奔西跑。

即便如此，我还是想保留醒来独自喝一杯京番茶的乐趣，所以把闹钟设置得比过去更早了一些。结果，我总是天还没亮就起床，打扮一番再等待清晨到来。

晾衣服、收拾厨房、打扫浴室，都是由蜜朗来做的。有时候，蜜朗在家务上比我更拿手。

唯一需要特别注意的，就是要把工作和家庭泾渭分明地区别看待。就算与家人同住，我也不想让生活的气息渗透进山茶文具店。自我继承山茶文具店，到明年就要满三年了。在这期间，我一点点加以改动，让商品门类有了微妙的变化。与我同龄和比我年长的顾客终于增加了。

把QP妹妹和蜜朗分别送去学校和工作地之后，我会如同往常那样，为山茶文具店做开店准备。把店门口和外边的小路清扫一番，给文冢换水，把店堂的玻璃窗干擦一遍。

虽然店内的清扫一般是在打烊后做的，但在开店前也要大致检查一遍地板上有没有尘土或者头发，商品有没有损坏，试写用的纸有没有备好，给小花瓶中所插的花草换水也是趁这时候。最后，我会返回家里，上完厕所，在镜中调整仪容，才终于把店门打开。

十一月过半，我们三人的生活总算走上正轨，正当此时，有一对男女来到了店里。我还以为他们是观光时顺便来店里转转的，其实并非如此。

我从架在暖炉上的水壶中倒出热水，沏了柚子茶。前几天，蜜朗的老家送来了许多柚子，我在里面添了蔗糖腌渍存用。

"我们想请你写一张服丧明信片。"丈夫开口说。

如今在便利店也能很方便地制作服丧明信片了。我曾经被委托写过贺年卡的收信地址，却不记得代笔过服丧明信片。况且，两个人一起来委托代笔这件事本身就很稀奇。两人的无名指上戴着成对的婚戒。

不知为何，我产生了一种不祥的预感，我只能拼命祈祷不是我想的那样。可惜，果然如我所料。两人的孩子刚刚去世。太太始终低着头，不肯抬起头来。太太的身体仿佛随时都会倒下，丈夫在身后轻轻支持着她。

"那是出生第八天的早晨。当我们注意到的时候，已经没有呼吸了。"

我的脑袋很清醒，知道自己不该移入太多感情的，但还是没有用，眼泪禁不住地涌了出来。

"好不容易才怀上的。之前也流产了一次。医生说是婴儿猝死症，实际原因依旧没查明。"太太像是把声音挤出来似的低语。

"令公子的名字是？"我问。

"真实的真和生命的生，叫'真生'……"丈夫也忍不下去，声音哽咽了。

"原来叫'真生',我明白了。我会为了真生尽全力写好的。"

既然我如今已经有了女儿,这对夫妇的悲哀绝非事不关己。

说来惭愧,我过去一向以为服丧明信片只是单纯走个形式,我从来没想到过在它的背后还有深深的悲伤。但是遇到真生的父母之后,我的想法改变了。

丈夫给我看了为纪念真生诞生而留下的手印。他说就是在去世的前一天印的。

"真小呀。"我轻轻感叹。

"不过有清楚的指纹,还能看清手相呢。"丈夫露出了笑容。

"手指也很可爱呢。"太太用手帕抵在眼角上说。

看到手印,她原本已经止住的泪水再次重现。

"我一直在哭,真对不起。"

听到太太的道歉,我无言以对。明明已经这样伤心,她却还在顾虑我的想法。

"葬礼我们私底下已经办完了,但身边大部分人还不知道孩子夭折的消息。别人来祝贺喜得贵子的时候,心里很不是滋味,所以才决定要写服丧明信片的。把这消息发出去,我们或许多多少少就能接受儿子的死亡了。"

坐在我面前的丈夫淡淡地说出了这段话,但他俩能走到这一步,内心一定经历过无数的纠结。就像蜜朗那样,丈夫和妻子一定都在自责,认为错在自己吧。

"活着真是一种奇迹呀。"夜晚,我钻进被窝望着天花板,对蜜朗说。

因为有保密义务，所以没法说出详情，但还是忍不住想跟蜜朗聊聊这样的话题。

"只能活八天，是怎样的感觉呢？"我沉重地低语。

"你在说蝉吗？"蜜朗理所当然似的回应。

"不是啦！真是的，蜜朗，别人说严肃话题的时候就别说笑了。"

"抱歉抱歉。不是有个都市传说嘛，说蝉爬到地面上之后只能活八天。其实还能稍微多活一阵子的。"

果然是在大自然中成长的蜜朗才会想到的话题。

"不过假如是人，八天就太短了吧。他本人会觉得幸福吗？"

我一直在思考这个问题。

"那当然会觉得幸福了。人生不是以长短而论的，要看这段时间里是怎么活的。并不应该和邻居比较来判断自己幸福不幸福，而是要看你自己是否真的感到幸福才对。

"如果那孩子感受到了来自父母的厚爱，被幸福的毯子包裹着，即使只有八天也一定是幸福的。"

"说得对。至少在这一点上，肯定是幸福的。"我想起白天来到店里的真生父母，回答道。

"不过，就算本人是幸福的，也不知身边的人会怎么想啊。对于心爱的人，大家都会希望他们多活一天也好，更别说那是个孩子了。"

"这种悲伤真是没个头呀。"

假如，假如 QP 妹妹遇到了这种事，我也许会发疯的。

"你想见美雪吗？"

突然问出这种话来，就连我自己也吃了一惊。我一疏忽，话就从我嘴里溜出去了。

"当然想见了。"

"也对，怎么会不想见呢。"

我对明知故问的自己感到一阵羞耻。蜜朗是不可能回答"不想见"的。

"问了奇怪的问题，对不起。"我道歉说，"我也好想见见上代啊，最近这想法特别强烈。要是她能多教我一些事情就好了，但真的再也见不到了，所以很是让人不知所措。"

我又道了句晚安。

"晚安。"蜜朗也闭上眼睛。

闭眼之后，我还在想真生的事。

真生的父亲说，就当是生死有命吧。如果真有其事，那真生大概非常想见爸爸妈妈吧。或许见上一面对他来说已然心满意足。

翌日早晨，天还没亮我就磨起墨来，书写真生父母委托的服丧明信片。

我全神贯注，只为了把真生存活过的印记传递给众人。

喪中につき、年末年始のご挨拶を失礼させていただきます

十月二十日、息子真生（まお）が永眠しました

たった八日ほどの生涯でしたが、真生は人生を全うし、

天国へと旅立ちました

真生の誕生を祝福してくださった多くの方々に感謝を申し上げます

今はまだ、真生との別れを惜しんで悲しみに暮れる日々が続いておりますが、いつかまた、笑顔で皆様と再会できる日が来ることを願ってやみません

それまでの間、どうか私たち夫婦を温かい目で見守っていただけますと幸いです

> **译**
>
> 服丧中,值此辞旧迎新之际,恕不拜年。
>
> 十月二十日,犬子真生不幸长眠。
>
> 尽管只有短短八日,真生却已经走完了人生,出发去往天堂。
>
> 众多亲友曾为真生的诞生送来祝福,我们深表谢意。
>
> 一时之间,我们恐怕还将沉浸在对真生依依不舍的悲伤之中,但由衷期待着某天能展露笑颜,与诸位再会。
>
> 在这段时间里,恳请诸位用温暖的目光守护我们夫妻二人。

放下笔，我闭上眼睛好一会儿以示默哀。

真生一定还会选择他们做父母，回到人世间的。一定。

不过，到时候可别扭头就走，一定要在这个世界留久一点哦。我对天堂的真生诉说。

在水龙头下冲洗砚台时，传来了雀儿叽叽喳喳的可爱叫声，没过多久天就亮了。时常牵着各家小狗在我家门前路过的那两位女士，今天早晨也一边闲话家常一边走了过去。

销声匿迹了好一阵子的欧巴桑，最近又频繁地开始露脸了。欧巴桑或许也跟我和美雪一样，很喜欢蜜朗吧。

这次的服丧明信片，我是亲自带原稿去印刷局的，印出来之后再写住址、贴邮票、邮寄。

真生降生到了这个世上，他的一生会留在许多人的记忆里。只要还留有记忆，真生就会继续活在某些人的心中。如果这些服丧明信片能实现这样的效果，他一定能得偿所愿。

今年的贺年卡收件信息代笔业务，我决定只接老主顾们的委托，不接受新客户。即便如此，整个十二月里还是得写上不少张数的收件信息。在一鼓作气开始这批业务前，我还必须把某件工作先解决掉。

那就是一直搁置着的，可尔必思夫人委托的那件事。

也差不多该做个了断了。可尔必思夫人也说必须在今年内把它了结掉。

我钻进被炉，吃着橘子，脑海里这也不是那也不是地胡思乱想。

自从开始三人一起生活，我就把上代还在世时用过的被炉从小仓库里拖了出来。原本还担心不能用呢，插上电源一看，完全没问题。被炉上的小被子被镰仓的湿气洗礼过之后，果然有一股霉味，换了条新的。住在日本的旧式房屋里，脚特别容易冷，有被炉会好很多。

唯一的难题就是，只要一进去，人就不想动了。QP妹妹和蜜朗也一样，压根不肯离开被炉。全家都凑在被炉周围。

要用的文具已经决定好了。假如这种内容的信件写上好几页纸，收信人一定会觉得心情沉重的。考虑到今后还要继续作为朋友来交往，写一封直达主题的信比较好。

最近一笔笺的产品多了起来，设计也很丰富。在我心目中，一笔笺就该用软式钢笔来写。可尔必思夫人以前就在山茶文具店买过软式钢笔，用它再合适不过了。用它写的字不会像毛笔字那么沉闷，也不会像圆珠笔写的字那么轻浮。我觉得，用软式钢笔在一笔笺上写得稍稍潦草一些，反而能更好地传达可尔必思夫人的真情实感。可尔必思夫人并不想伤害到对方。

脚依旧伸在被炉里面，我一鼓作气地完成了誊写。

月日の経つのは早いものですね。みずほさんと奈良に旅行したのは、もう何年前になるかしら？　楽しかったわね。
ところで、あの時、私が二人分の往復の新幹線のチケットをまとめて買ったのですが、その分のお代を実はまだいただいていないのです。みずほさん、あとで銀行に行っておろすわね、っておっしゃって、そのままになってしまったの。私がきちんとお伝えすればよかったのですが、なんだか、妙に遠慮しちゃって。ケチくさい人間だって思われるのが嫌で、黙ったまま先延ばしにしてしまいました。

あなたがご病気だっていうのを知りながら、こんなタイミングで申し出るのは本当に失礼だと思うのですが、でも私、これからもきちんとみずほさんとお付合いを続けていきたいので、思い切って伝えることにします。
お金のことでうじうじするのは、私も嫌ですし、あなただって、知らないところでそんなふうに私に思われるのは、本意ではないと思うので。病気が治ることを、切に祈っています。
そして、私にできることがあったら、遠慮なく言ってください。元気になったら、またふたりでどこか温泉にでも行きませんか？

译

　　岁月流逝得真是飞快。和瑞穗你一起去奈良旅行，不知已经是几年前的事了，那次真是愉快极了。

　　对了，当时我一次性买了两人的新干线往返车票，你的那份票费其实我还没收到。你说之后会去银行取款的，后来却不了了之了。

　　我本应该当初就和你说清楚的，却莫名其妙地有了太多顾虑。我不想让你以为我是个小气的人，就没有开口，一拖再拖。

　　明知你有病在身，我还在此时提起这件事，真的很冒昧。但我从今往后还想和瑞穗你长长久久地交往下去，就决意一吐心声。

　　我也不想再为了金钱而犹豫不决，想必你也一样。若是我在背地里对你产生种种想法，也绝非如你所愿吧？我诚挚地祈盼着你的病能痊愈。

　　如果有我力所能及的事情，请不要客气，直接告诉我吧。等你恢复健康之后，我们俩要不要再去温泉旅行一次呢？

第二天，我向可尔必思夫人报告，说信件已经写好，她非常高兴。这样的情形，只需要把原本的感情坦率地写出来就好，把它想得太过复杂的人或许是我自己。双脚伸在被炉里，穿着居家服时抒发的感情一定是最合适的。

回过神来，红叶已然遍布周边。路边的水仙花开了，早晨也开始落霜了。山茶文具店的山茶几乎全都盛开了。回想起来，真是激荡无比的一年。

不知为何，我特别想看看红叶，于是星期天早晨，我们一家三口出发去了狮子舞。狮子舞其实是一片土地的名称，是镰仓鲜为人知的一处红叶胜地。我跟蜜朗提起狮子舞时，他说没去过，所以就由我来带路。QP妹妹也是第一次去狮子舞。

通过小桥之后，沿着大路继续往深处走一会儿，就能看见一座铁塔。旁边的农田里，大白菜接二连三地在土地上露出脸蛋。

在进山的入口处还见到了松鼠。我们继续沿山路向着二阶堂川的源头而去。脚下很容易打滑，我牢牢地握紧了QP妹妹的手。或许是因为时间尚早，人不怎么多。结在树枝与树枝之间的蜘蛛网，就像水晶一样闪闪发光。就连流水声听上去都很冰冷。

顺着山路攀登二十分钟左右后，就能看见对面那一片色彩斑斓的森林了。

"那边就是狮子舞了。"

我话音刚落，QP妹妹就挣脱了我的手，奔跑了过去。

在那里的是一片未经人工改造的天然红叶林。寺庙里常见的工整红叶的确文雅美观,而这种未经雕饰的红叶更震撼人心。

并排站在鲜艳的叶片堆积而成的毯子上,我们出神地仰望着天空。银杏的黄叶无比耀眼。这光景太过惊人,我们只能连连叹息。红色、橙色、黄色、黄绿的叶片充满了整个视野,我的眼睛来不及辨别,无论在哪个瞬间,颜色都在一刻不停地千变万化。一张张叶片就好似地球寄来的信件。

大概是因为有些亢奋,QP 妹妹故意用脚踢起叶片,用双手捧满落叶,抛掷到空中,玩得不亦乐乎。蕴藏着巨大生命能量的泥土气息,仿佛让人目眩神迷。

"今年也快过完了呢。"

"是啊,一眨眼就过去了。和蜜朗你结婚也就是今年的事,简直有点难以置信。"

蜜朗的大手轻柔地包裹住我的右手。蜜朗的个子不算高,手却格外大。深秋的寒风刮过,卷起干枯的落叶,留在枝头所剩无几的叶片也如雨点般落下。

"好冷啊。"蜜朗缩着脖子说。

他是个怕冷到极点的人。

"回家吧。"

可不能让蜜朗得感冒,我看时间差不多了,就把 QP 妹妹叫回来。QP 妹妹喘着粗气从远处跑了回来。

如果有了不开心的事,我就会去红叶谷不顾一切地喊出来。

上代在寄给静子女士的信里曾经这么写过。红叶谷指的就是狮子舞。上代都喊出了怎样的话语呢？

沿山路而下的时候，我也忽然想尽情喊叫一次。

风吹过，蕨叶与竹叶像是合奏交响乐的成员一样，整齐地晃动起来。

三人并排，悠然地走在来时的道路上，蜜朗抬头仰望天空。在我们四周的，是无垠的闲适风景，仿佛从昭和时代起就从未变过。

"小鸠，你知道气球大叔吗？"

我们打算稍稍绕道去永福寺遗迹转转，蜜朗突然问起这个。

"气球大叔？好像听说过，又好像没说听过……"

"是吗，简而言之就是有个大叔把气球绑在身体上，就那么飞走了。"

"能用气球飞到天上吗？"静静听着我们对话的 QP 妹妹忽然双眼放光。

"小 QP 你绝对不能学他哦。"

我话还没说完，QP 妹妹就一个箭步冲向前，大声叫喊："气球大——叔！"

蜜朗看着女儿，继续说："看到今天这样的蓝天，我就不由得想起气球大叔了。其实说不定他早就死了呢。但想到这片蓝天的某个地方还有个气球大叔，心情就有点愉快呢。"

"我有点理解你了。"我说，"这个世界并不全都是由肉眼可见的东西组成的。现在也一样，我的身边就有上代和美雪在。早晨起床时，我会向她们道早安，见到刚才那样的美丽景色时，我也会对她们说，真漂亮啊。

"只要我自己还没死，去世的人就会永远活在我身体中。最近这种感觉越来越强烈了。我不是在吹嘘什么，只是纯粹地感觉到她们与我共存着。"

很难用语言来解释这件事，有点让人干着急。但事实确实如此，就在这个瞬间，她们与我们同在。她们就像一张大而透明的柔韧薄膜，轻柔又恬静地守护着无依无靠的我们。我能切肤地感受到。

我们朝镰仓宫那边走去时，芭芭拉夫人正迎面走来。她戴着一个巧克力蛋糕似的帽子，全身盛装打扮。

"这是要去约会吗？"

听到我发问，芭芭拉夫人呵呵着露出笑容。家门口，欧巴桑正无聊地伸着懒腰。

除夕夜吃着白汤炖菜过了年。我本想多做些好吃的，但 QP 妹妹强烈要求吃这个。

用黄油炒熟面粉，再适量添加牛奶做成汤底。配菜有土豆、胡萝卜、洋葱、香菇，还有从"鸟一"买的鸡肉。我还模仿上代，加了一点白味噌来提味。

不过，光一份白汤炖菜未免太冷清了，我又给蜜朗做了油炸牡蛎。蜜朗用油炸牡蛎当下酒菜，喝起了温酒。

我完全是酱油派的,但蜜朗说油炸牡蛎要蘸酱汁吃。我过去从来没有过油炸牡蛎蘸酱汁这种想法。

"油炸牡蛎不是应该蘸酱油才对吗?"

我试着向蜜朗表达了异议,但他依旧顽固地浇上酱汁。因为蜜朗老家寄来了一大堆柚子,滴上酱油后我又挤上了一些柚子汁。

天实在太冷,吃到一半就转移到被炉了。

"钻在被炉里喝热酒,真有夫妻的感觉呢。"我打趣道。

但等了一小会儿都不见蜜朗答应我。我心里有些奇怪,看了看他的脸,只见蜜朗正用手背拼命揉眼睛。

"你在哭吗?"我太惊讶,脱口而出。

蜜朗的脸涨得通红。他的酒量向来不怎么样,或许是喝醉了,就变得多愁善感起来。

"因为啊……"蜜朗来来回回擦拭着眼角说,即便如此,泪水还是溢了出来,"因为,我根本没想过自己的人生中还会有这么一天啊……"

话说到这里,他终于坚持不下去了,趴在被炉的桌上。

"爸爸,你没事吧?"QP妹妹担心地问。

"爸爸是太高兴所以才哭啦。"说着说着,连我都差点跟着哭起来。

白米饭和白汤炖菜上都飘起了温暖的热气。光是看着这情景,视线就变得模糊了。这样的时光一点一点地累积起来,我们也一点一点地变成守景一家人。

"老板——油炸牡蛎还剩下不少呢，再不趁热吃就要凉啦。"我半胡闹地叫起趴在桌上的蜜朗。

蜜朗终于抬起头，露出哭肿了的脸说道："来来，老板娘也喝一杯。"

说着还往我的酒杯里斟酒。蜜朗一斟酒就停不下来，酒都快从小酒杯里洒出来了。

看了看时钟，还不到八点。或许是因为外头又黑又静，仿佛感觉已经到了深更半夜。

"明天是晴天，一起到由比若宫去新年参拜吧。回来的时候顺道去取些神水好了。"

"好——"

蜜朗与 QP 妹妹像合唱似的异口同声。

酒瓶空了，我站起身，再温上一瓶。我把蜜朗父亲送来的醉鲸酒倒入瓷瓶，浸入刚烧开的热水壶。

我或许也有点喝醉了。

闭上眼睛，就能看见无数的星星。

蜂斗菜味噌

闪闪发光的人生

正月刚到,家里的门铃就早早地响了。

我慌忙跑到玄关处,打开门锁。

"新年快乐!"

虽然还没搞清对方是谁,但肯定是来客,于是我细致礼貌地招呼着,拉开移门。年末大扫除的时候,蜜朗给滑槽上过喷雾了,过去咔咔作响的移门变得顺滑无比,一拉就开。

看到眼前的景象,我哑然失笑。

"你为什么会在这里……"几秒后,我才好不容易挤出这句话。

站在我面前的女人,真是死不悔改,脖子上丁零当啷挂着一大堆饰品,像个行脚僧似的,头发染成了荧光色,还穿着醒目的迷你裙和高跟鞋,套在腿上的是一双网袜。

雷迪巴巴开口了:"我回自己老家有什么问题?"

靠近一点,还能闻到一股陈腐的香水味。

"自己老家?你是抛下我擅自出走的吧?开什么玩笑?赶快给我滚开。这里早就不是你的老家了。"

"听说你结婚了？"

雷迪巴巴努了努下巴，指向崭新的"守景"门牌，同时摆弄着自己的包包。等到她费了好大劲取出香烟，正要用打火机点火的时候，我才开口："这里禁烟，别点了。"

"真是啰唆死了。"

雷迪巴巴嘟哝着，只吸了一口就把烟扔到地上，用高跟鞋尖来回蹍，踩灭了火。

"你来干什么？赶紧给我走吧。"我说。

"压岁钱。"雷迪巴巴伸出右手，"快给我。"

"啥？一把年纪了还要压岁钱？怎么可能给你呢？再说了，哪有母亲来向女儿讨压岁钱的？你给我适可而止一点。总而言之，赶紧走人，再也别靠近我家了。敢碰我家人一根毫毛，让你吃不了兜着走。"

语气完全变成不良少女了。雷迪巴巴与前任"黑皮辣妹"的巅峰对决？真是让人笑不出来。

就在此时，屋子里面传出了"鸠子"的喊叫声，才让我大梦初醒。

"没事吧？"

蜜朗一脸担心地盯着我的脸。

"好像做了个噩梦。"我说。

心脏还在怦怦跳个不停。雷迪巴巴这件事，就连蜜朗我也没告诉，所以我也没法说是做了什么梦。

"能去你那边睡吗？"我问。

蜜朗便默默地掀起被子的一角。

我敏捷地钻进了蜜朗的被窝里。两人的身体像一颗蚕豆似的紧紧贴在一起。屋子的横梁上，并排挂着一家三口刚写的新年字帖。

"和睦""家内安全""笑"。

这是融入了我们三人各自心血的文字。今年我想在整张半纸上写个大字，就选择了"笑"这个字。"家内安全"是蜜朗的杰作。

大概是被蜜朗的体温包围着，整个人都很安心，闭上眼睛也不再有雷迪巴巴出现了。不过想到这是我的新年第一梦，心情就很萎靡。她有好一阵子没现身了，或许是我有些掉以轻心。

还好只是一个梦。但反过来说，她以那样的形式牢牢地扎根在我心里，真让人不寒而栗。既然她出现在我的梦中，就代表已经在我的潜意识世界中占有一席之地。一想到她有一天可能会那样突然出现在家门口，我就一阵子反胃。

我只是被雷迪巴巴那个梦吓到而钻进了蜜朗的被窝，但蜜朗似乎误以为我是在表达"想要"的意思。

蜜朗的爱抚痒痒的，我忍不住想笑出声。和蜜朗亲热的时候，我总觉得是在玩医生检查身体的过家家。

但是，蜜朗很是一本正经，对我的身体"上下其手"。渐渐地，我被蜜朗的认真劲彻底吞没了。每当这时候，我总担心会被睡在隔壁房间的 QP 妹妹或者近邻的芭芭拉夫人发现。

身体的每一个角落都被蜜朗玩弄，想起来就羞耻极了。但被允许这么做的人，全世界就只有蜜朗一个。

新年到来还没过几天，就发生了许多事情。

一月六日下午，同往年一样外出采摘新鲜蔬菜的男爵送来了礼物。

水芹、荠菜、鼠曲草、繁缕、宝盖草、蔓菁、白萝卜。

还有根须上沾着泥土的草类植物。

男爵彻底成了个和蔼的老头。去年，胖蒂平安地产下了一个男孩。怎么看都像是生了个孙子，但男爵毫不在乎这些事，偶尔会推着婴儿车出来散步。胖蒂回归职场之后，男爵会承担起育儿的重责吗？

他总是风风火火的，我以为他今天也会早早地回家去，可过了好一会儿都没走。

"要喝点茶吗？"我诚惶诚恐地问。

他露出这才注意到我在的惊讶表情，"哦"地敷衍了一声。今年我没准备甜酒，而是打算泡一杯年末收到的梅子昆布茶。

我在准备茶水的时候，男爵在店里左看右看，不时把玩文具。

"这个吃下去真的没事吗？"

我提起暖炉上的水壶，正倒出热水的时候，男爵摆弄着一支蜡笔向我发问。

"主要成分是蜂蜡,吃进嘴里也没事的。我其实也试着吃过,不会有问题。"

嘴里说起"蜂蜡"[1]这个词,脑海中就不禁浮现出丈夫的脸来。蜜朗和QP妹妹直到昨天都还在店里帮忙呢。

"这是梅子昆布茶。请用吧。"

因为是正月,我用了漆艺茶托给男爵上茶,茶托表面还上了金粉。

茶碗很小只,梅子昆布茶两三口就没了。即便如此,男爵还是不愿离去。他的视线少见地四处游走,东张西望。

我心想,这真不像男爵一贯的风格。一定是男爵在孩子出生之后变得圆润起来了吧,我擅自思索。但实际并非如此。

"还要再来一杯梅子昆布茶吗?"我问道。

"其实,我有件事情想求你。想让你……再给我写封信。"他的语气突然变得格外客气。

"不介意的话,请先坐下吧。"

我请男爵在圆椅上坐下,男爵便坐了下来。我正要再沏一杯梅子昆布茶时,被他叫住了,说只要白开水。我在自己的马克杯里也倒上了白开水。茶不是我自己买的,也不能挑三拣四,不过喝了梅子昆布茶确实容易渴。明年起,就算多少麻烦一些,也还

---

[1]日语中"蜂蜡"和"蜜朗"同音。

是准备些甜酒好了。

当我思前想后的时候,男爵忽然开口了:"查出有癌症了啊。"

"咦?谁得癌症?"我不禁提出一个愚蠢的问题。

"当然是我啦。"

"胖蒂,不,你太太知道了吗?"

男爵得了癌症自然是一件可怜的事,但一想到刚生孩子不久的胖蒂,就愈加撕心裂肺。

"怎么说得出口?"男爵在桌上撑着下巴,流露出从海角眺望远洋的眼神。

"除了医生之外,就只有我和你知道。"

我的双手中忽然多了一个沉重的大球。

"你打算就这样一直保密下去吗?"过了好一会儿,我才向男爵提问。

男爵的脸色很好,体形与过去相比也没多大变化,所以根本看不出是得病了。或许是被他耍了,我的确有过这种猜测,可男爵看上去实在不是在耍弄我的样子。

"我也不知道这谎话到最后能坚持到哪一步,但打算坚持到不行为止。医生也是过去的老熟人了,很懂得变通。只要你不说出来,就万事顺利了。"

"这算什么'万事顺利'……"

我也不是不理解男爵的心情,他一定是在为胖蒂和儿子着想吧。

"我在人生的最后,能有这样惊喜的再婚,还能生个胖儿子,简直该喊万万岁了。但他们的人生还有很多路要走呢。"

说到这里,男爵的眼睛第一次湿润了。

"我死了之后,你就把信交给他们吧。"男爵说着,向我低下头。

"这么重要的信,请你自己写!"我不由自主地大声喊了起来。

"我想写也写不出啊。"

男爵在我面前伸出右手掌,那手掌正在微微颤抖。

"这是怎么了?"

"手已经麻痹了,完全没感觉了。我也尽力尝试过,可实在已经到极限了。我这是遭报应了。"男爵茫然若失地说,"因为我年轻时,给很多人添了麻烦,也让人遭受了不幸啊。"

男爵想握起书桌上的铅笔,但怎么都握不好。看这情况,病情是比过去恶化一些了吗?两年前左右,我们一起在鹤屋吃鳗鱼饭时,他还能正常握筷子的呀。还是说我当初没有注意到迹象呢?不过这一回,即便成功,也没法收到报酬了。因为把信交给胖蒂时,男爵就已经不在这个世上了。

"就算你不乐意,也别给我写出小家子气的信哦!"男爵的口气又变得像平常一样强硬了,"还有,要不要接着那一次再来一回?"

"哪一次?"

"就是七福神巡礼啦。就是因为那件事,我才和她结缘了,所以就想好好地走完全程啦。走到一半就结束，多让人不舒坦啊。"

能从男爵嘴里听到"结缘"这种词，我反倒害羞得快脸红了。不过，或许就是这样的男人，才有意想不到的浪漫一面吧。

"说得也对。再来一次七福神巡礼吧。"

那一天，我们从北镰仓车站出发，参拜过净智寺的布袋大人、宝戒寺的毗沙门天大人后，又去了鹤冈八幡宫参拜弁天大人。之后就戛然而止，解散了。因为天气预报根本不准，半道上就下起雨来。

男爵与胖蒂在那之后结伴去了稻村崎温泉，在这过程中成为情侣。这些都是我过去听胖蒂讲的。

"我也该寿终正寝了，这把年纪已经算得上长寿了。"

他说的可能确实没错。

"但是，对他们俩来说，人生的正戏才刚刚开始呢。"

男爵身上没有什么悲壮感，我也能坦然地接受这个现实。但是，如果同样的事情发生在两年前，我或许会更加惶恐不安，又哭又闹吧。当然了，把焦点放在男爵会去世这件事上确实令人伤心，光是想想就忍不住要流泪，男爵可是帮我换过尿布的人。不过，用更加宽阔的视角去纵观整个世界的话，也许就没必要那样手足无措了。因为人总有一天会迎来必然的结局。

我想起了去年六月时，一脸凶神恶煞地来到山茶文具店的叶子小姐。当时的叶子小姐，胸中满是对骤然离世的丈夫的怒火，想要伤心却无法伤心，想要哭泣却无法哭泣，让她痛苦万分。她后来不知过得怎样呢？如一块寒冰堵塞在胸口的悲伤，成功消融了吗？

目送男爵离开后，我发了好一会儿呆。与昨天的喧嚣热闹不同，今天是宁静的一天。

打烊之后，我把男爵送来的"春日七草"浸水清洗。

接着开始准备晚饭。

今晚吃锅烧乌冬。伊达卷、鱼糕、鸡肉、鸭儿芹、香菇，还有昆布卷，我把吃剩下的年节菜都当作配菜，和乌冬面一起放进土锅里来个一锅炖。这是守景家传承已久的料理，听说对蜜朗来讲，这就是老妈的味道。

打电话拜年的时候，我向婆婆询问了制作方法，没过多久，一封写着详细菜谱的传真就发来了。我一边看着那封长长的传真，一边做锅烧乌冬的准备。

男爵家不知都吃些什么呢？听胖蒂说，男爵做得一手好菜。也许男爵现在正大显身手呢。手都麻痹了还能不能做菜，这让人很担心，又或许做做菜能让他转换心情，暂时把痛苦忘却呢。

打开锅盖，鸡蛋的火候刚刚好。

"做好啦！趁热来吃吧。"我大声呼唤他们俩。

蜜朗正戴着眼镜仔细读报纸，QP妹妹则正兴致勃勃地与圣诞节收到的布偶们一起玩过家家。继七夕之后，QP妹妹再次向圣诞老人许下了想要弟弟或妹妹的愿望。可惜我没能把这份礼物藏在她的枕头下面。

我在土锅的两边架上握把,小心翼翼地搬到被炉上面。锅里的菜肴仍旧随着余温而翻滚沸腾。

和蜜朗结婚之后,我喜欢上了乌冬面。这样的日子就更少不了乌冬。乌冬就仿佛是一个满是慈爱之情的母亲,温柔地呵护着我的身心。

守景家的传统——年节菜剩菜锅烧乌冬,最大的特色就是滋味醇厚的香浓汤汁了。说像民族大熔炉也许有点夸张,不过在土锅里,个性丰富的各种食材齐心协力,取长补短,营造出了一个小世界。每喝一口,心也会随之逐渐融化。

"明天早晨给你剪指甲吧。"我说。

QP妹妹把讨厌的青葱留在碗里,从刚才开始就用筷子玩弄着它们。

"为什么?"

"听说用浸过七草的水沾湿指甲再剪,一整年都会健健康康的哦。"

"真的吗?"

"真的呀。"

其实去年我心想着无所谓,就把"七草爪"[1]略过了,结果

---

[1] 七草爪是日本的传统习俗。在一月七日用"春日七草"浸泡过的水沾湿后剪指甲,起到驱邪保健的作用,也可以在一年内其他任意时刻剪指甲。

没多久就得了感冒。我当然明白这两件事没有直接的因果关系。说是迷信也罢，不过，这么做没准能让人精气神好起来，给自己一个不会得感冒的暗示，让身体防御住感冒病毒呢。

当真得上感冒的时候，我就有这种强烈的感想。所以我决定今年在喝过七草粥之后的早晨必须把指甲剪了。

"我吃饱啦！"

QP妹妹留下了软塌塌的葱叶，站了起来，很快又带着装了橘子的箩筐回来了。

上代经常给我剥橘子。不光把外皮剥了，还会把包裹着每一瓢的薄皮剥下，再给我吃。在和QP妹妹一起生活之前，我把这件事彻底抛到脑后了，直到我们同吃同寝，才又回想起来。

和QP妹妹的日常生活重叠在一起，把对我而言的空白时间都挤走了。我终于站在了上代的立场上，看到了前所未见的景色。

"给女儿剥得那么干净，却不肯给我剥呢。"我把橘子直接递给吃完饭的蜜朗，他就有点吃醋了。

"那是当然的啦。你就该自己剥嘛。

"不过等你变成老头子之后，如果吞不下橘子瓢的皮了，我就给你把薄皮也剥了。"

这是我的真心话。

蜜朗一定会变成一个可爱的老头子的。

从邮箱里找到那封航空信的时候，是一个下午，镰仓的空中正飘舞着小雪。恰逢农历二月三日"书信供养"，今年也有许多邮件从全国各地寄到山茶文具店。假如不每天把信取出来，小小的邮箱很快就会塞满。

我心想"莫非是她？"，一看果然是意大利的静子女士寄来的。

她将与上代往来的信件都交还到我这里，我已经在很早之前通过她的儿子纽罗表达过谢意。去年的年底，我在给她寄去贺年卡的时候，还添了一句："不介意的话，要不要继续与我通信？"

收件人写了"山茶文具店　守景鸠子小姐"。

静子女士是上代的笔友，所以我总觉得已经见过她很多次了。但其实既没见过她的脸，也没听过她的声音，甚至连静子女士亲笔的文字都是第一次见。

从纽罗的年龄来判断，静子女士恐怕已经有五十几岁，或者满六十岁了，没想到字迹却非常年轻。这就是长期住在外国的人写的字，即便是日语的笔迹，也有着一种耀眼的天真烂漫。

曾经有一段时间，我与QP妹妹当过笔友，现如今我们已经住在同一屋檐下，这个习惯也已经搁置许久。所以，交到新的笔友，让我甚至想轻轻蹦跳起来。

回到店里，我赶紧用裁纸刀打开了信封。

打开信封的瞬间，一股意大利的气息扑面而来。

Buongiorno!
鳩子さん、はじめまして！静子です。
あなたのおばあさまと、長く文通をしていました。だから、あなたのことは、幼い頃からなんとなく知っていて、勝手に、遠い親せきのおじょうさんのような気持ちでおりました。
ご結婚なさったのですね。おめでとうございます！
きっと、天国のおばあさまも喜んでいらっしゃることでしょう。
手紙にはいつも、鳩子さんのことが書かれてありましたので。
あの手紙が、鳩子さんとかし子さんの関係を取り戻すお手伝いができたと知り、私もとてもうれしくなりました。
鳩子さんは、あの手紙をもう一度私の元に戻すべきなのではないかと悩まれているようですが、それには及びません。
あの手紙は私にとっても、大切な人生の記録であることは確かです。だから、息子に持たせる前に、コピーを取りました。
お心遣い、ありがとうございます。原本(?)は、鳩子さんが持っていてください。かし子さんも、きっとそれを望んでいます。
かし子さんと文通していた頃は、ミラノに住んでおりましたが、主人も仕事を引退したので、今は北イタリアにある山あいの小さな村に暮らしています。娘も息子も独立し、今は主人とふたり暮らしです。

もうすぐ、長女が出産するので、そうなると、私もいよいよおばあちゃん！
これまで、かし子さんには、本当にたくさんの悩みを聞いてもらいました。主人にも、実の母にも相談できないことも、不思議と、かし子さんには打ち明けることができたのです。かし子さんに、どれだけお礼を伝えても足りません。
最後の手紙をいただいてから、私は毎日、祈るような気持ちで郵便受けをのぞいていました。来る日も来る日も、かし子さんから次の手紙が来るのを待っていたのです。けれど、ついに届きませんでした。かし子さんが最後と書いていた手紙は、本当に最後になってしまったのです。
あの時の寂しさを思い返すと、今でも涙がこぼれます。
かし子さんは、私の心の友でした。
けれど、思わぬ形で、今度はかし子さんが大切に育てられたお孫さんと、またこうして文通が再開できるとは、なんという *fortuna* でしょう！
この年になると、サツバツとした世の中に嘆くことも多くなってきますが、こんな時代でも、こんなステキなことが起こるんですね。
戸棚を探したら、まだエアメール用の封筒がありました。

かし子さんとの文通の際、よく使っていた封筒です。
鳩子さんも、私のことを親戚のおばさんか何かだと思って、
気軽になんでも書いてください。
私達の文通に、イタリアと日本で、共に祝杯をあげましょう。
In bocca al lupo!

Shizuko

(In bocca al lupo! は、私の大好きな言葉です。
bocca は口、lupo はオオカミなので、直訳すると、
「(幸運は)オオカミの口の中」です。
鳩子さんのご多幸を、心よりお祈りしております!)

> 译

Buongiorno（你好）！

鸠子小姐，初次来信，我是静子。

我和你的外祖母当过很长时间的笔友，所以我从你还小的时候就认识你了。我在心里一直擅自把你当成远亲家的小女孩来看待。

听说你结婚了呢。恭喜恭喜！

在天堂的外祖母一定也很高兴吧，她在信中总是会提到鸠子你的事。听说那些信件帮助你修复了与点心子之间的关系，我真的非常开心。

鸠子你还为该不该把信件再还给我而烦恼过吧，其实根本不必在意。那些信件的确是我珍贵的人生记录，所以我在交给儿子之前，已经复印下来了。多谢你的关心。原本（？）就交给鸠子你来保管吧。点心子一定也希望这样。与点心子通信的那阵子，我还住在米兰。后来我丈夫退休了，现在住到了意大利北面山区的一座小村庄里。女儿和儿子都独立了，现在就我和丈夫两人生活。

我的大女儿快生了，到时候我就当上外祖母了！

在过去，我真的向点心子倾诉了许多烦恼。有些事情没法与丈夫相谈，甚至对亲生母亲都说不出口，但很不可思议的是，都能对点心子说出来。对点心子，我感谢多少遍都不够。

收到最后一封信之后，我每天都会满心祈盼地去检查邮箱。日复一日，我都在等待点心子的下一封信。但是，终究还是没收到。点心子写上"最后"的那封信，真的成了最后的信。

回想当时的寂寞心情，如今都会流下眼泪。

点心子是我的心之挚友。

不过，能以意想不到的形式与点心子悉心培养的外孙女再次以书信来往，这是何等 fortuna（幸运）啊！

到了我这个年纪，遇到的大多数事情都会让我悲叹世风日下。可没想到在这样的时代，还会发生如此美好的事情。

我翻箱倒柜地找了找，发现还有航空信专用的信封。

与点心子通信的时候,我也经常用这种信封。

鸠子,你就把我当成一个亲戚家的阿姨吧,放轻松,随便写些什么就好。

为我们的通信,在意大利和日本两地,共同举杯庆祝吧。

In bocca al lupo!

静子

〔In bocca al lupo! 这是我最喜欢的一句话。bocca 是"口"的意思,lupo 是"狼"的意思。直译的话,就是"(幸运)在狼的口中!"。我衷心地祈祷鸠子小姐生活得幸福美满!〕

我感觉就像是从上代那里收到了一份大礼。如果相信圣诞老人的孩子在枕头旁发现了礼物，一定就是我这种感觉。虽然我从来没从上代手里收到过圣诞礼物，但毫无疑问，这就是一份跨越了许多年的圣诞礼物。能用这种形式把我和静子女士联系在一起，上代干得可真漂亮。

虽然我想立马给她回信，但还是暂且忍耐一会儿，静静等待内心冷静下来吧。

抬起头，蓦然发现地面上已经积起浅浅一层雪。火红的山茶花也都裹上一层白衣，这模样看上去就像圣诞老人。

假如对方是静子女士，我觉得连雷迪巴巴的事情都能与她商量。会不会有一天，我能把静子女士称作心之挚友呢？会不会有一天，我也被她称作心之挚友呢？

对了，今天还要给 QP 妹妹做点心。就烤个蜜红薯吧，红薯是昨天芭芭拉夫人送给我的。

在烤炉里烤得热腾腾的，再涂上融化的黄油吃吧。

很快，饿着肚子的 QP 妹妹就要从学校回来了。

"我想搞个试吃会，下个星期天的白天，能到我店里来一趟吗？我想尽可能多听一些人的意见，最好也能通知一下芭芭拉夫人和其他人。"几天后，晚饭后正在洗刷餐具的时候，蜜朗露出少见的严肃表情对我说。他这阵子正为新店铺忙里忙外的。

开张前的工作全都是他一个人做的，从早到晚，几乎一整天都窝在店铺里。里面的装修尽可能自己动手,必须交给专业人士的地方就请相关的工人来做,整体进展得还算顺利。但是,店里要上什么菜单怎么都定不下来,让蜜朗非常头疼。

"你的咖喱,准备好了吗?"

想用咖喱来一决胜负,这是蜜朗很早以前就定下的目标。

"暂时还不好说。总而言之,星期天来尝尝看吧。"

看来蜜朗很紧张。他的眉间难得地挤出了皱纹。

"我不用帮你做点什么吗?"

听到我的问题,他只说没关系,让大家去试吃会集合就行。这场试吃会对蜜朗来说,也许是一生一回的大决战呢。就连我都紧张得用力耸起肩膀了。

蜜朗凭一己之力勤勤恳恳打造的店铺,气氛相当不错。尽管没什么特别考究的装饰,但显得整洁又舒心,有一种淡淡的温情。而且,厨房区还有窗户,从那儿看出去的景色漂亮极了。不论从哪儿都看不出门外汉手工制作的稚拙之处。厕所里也换上了最新式的卫洗丽,很舒服。柜台是五人座,餐桌有两张,大小恰到好处,蜜朗在店里自由穿行也不会妨碍到客人。

"真是家不错的店呢。"

"多亏有小鸠你在背后推了我一把。"

我和 QP 妹妹提早一会儿到达,其他人还没来。蜜朗脑袋上缠着毛巾,腰间系着麻布围裙,像模像样的。

芭芭拉夫人特地精心打扮了一番才来到试吃会。她戴着一顶有蝴蝶结的贝雷帽。男爵带来了一个据说是初中同学的朋友。虽说我原本很犹豫该不该叫男爵来，但我的熟人之中最懂美食的就是男爵了。既然是试吃会，能够无所顾忌地说出意见，对蜜朗才是最有益的，于是我下定决心请他来了。男爵带来的那位朋友，也流露出一种遍尝过美食的气质。

就这样，齐聚在试吃会的五人在柜台前排成一列。蜜朗立刻开始烹饪了。究竟会有怎样的咖喱登场呢？我们一概不知。

就在热着咖喱汤汁的大锅旁边，蜜朗又开始做起油炸料理。他正细心烹制的是油炸牡蛎。油锅发出热闹的响声。蜜朗为换气而打开窗户，一对身穿艳丽和服的男女坐在人力车上，刚巧从前面的小路驶过。

等待料理的时候，每个人都拿到了一杯水。油炸牡蛎逐渐变成漂亮的金黄色，我们的紧张不知何时变成了期待。还听到不知哪位的肚子里发出了"咕——"的悲痛鸣叫。新鲜出锅的米饭香得让人睁不开眼，禁不住把唾沫一口口往下咽。

QP妹妹用真挚的眼神凝视着蜜朗的举手投足。她单手握着勺子，仿佛立马就要飞扑上去。

大家都屏息翘首期盼，蜜朗却不慌不忙，淡淡地保持着自己的步调继续工作。他这模样真是可靠。

"久等了。"

餐盘终于来到所有人面前。

"油炸牡蛎咖喱。请诸位趁热试吃吧。"

QP妹妹的面前也放了一盘与大人相同分量的油炸牡蛎咖喱。

"啊——等不下去了，赶快来尝尝。"

芭芭拉夫人一声令下，旁边的人们分别开始品尝咖喱。

我却怎么都没法把勺子插下去。这盘冒着暖暖白气的咖喱，就像一片绝景撼动着我的心胸，让我觉得破坏掉这个世界实在太暴殄天物了。刚才明明那么想吃，现在面对着咖喱却不敢开动。

因为，蜜朗的喜怒哀乐，统统融入其中。

蜜朗与美雪邂逅，在镰仓约会，两人谈论起想在镰仓开咖啡店的梦想，在别处生下QP妹妹，而美雪又遭遇不测，他被迫坠入悲伤的深渊。他好不容易才整理好心情，与QP妹妹两人一起来到了镰仓，但一切都不尽如人意。他咬紧牙关，屡败屡战到最后的成果，就是眼前这盘咖喱。在这条路的中途，我也加入了蜜朗的人生。

一想到这条绝非坦途的道路，就知道这盘咖喱中包含着太多的故事，反倒下不了口了。

我好想就这样一直盯着它看下去啊。

然后——

"小鸠，你怎么了？再不快吃就要凉了哦。"蜜朗来到我面前，小声说道，"这可是试吃会，你不吃我怎么办呀。"

听到蜜朗的话，我才恍然大悟。接着，我把沉浸在感伤中的自己封存了起来，立刻回到现实开始试吃。对啊，今天是被叫来参加试吃会的嘛。

这真是非常有蜜朗风格的咖喱味，爽口、清淡，又鲜美。味道虽淡，回味时却有着浓厚的香辛料味道在迸发。尽管蕴含着种种感情，却绝不会被它们牵着鼻子走。这股滋味脚踏实地，仿佛就是蜜朗本人。

"能被做成这种美食，这牡蛎也能安心升天了。"最初发表感想的是男爵的发小。

"以前我去滑雪的时候经常吃猪排咖喱，回想起来真是怀念哪。但现在吃猪排的话，胃就会难受到第二天，还是牡蛎适合我啊。"男爵的盘子里已经几乎不剩什么了。

"咖喱和油炸牡蛎，真是绝配呀。"正在自言自语的是芭芭拉夫人。

味道不怎么辣，QP妹妹也一言不发地吃个不停。

"请大家再多说一些哪里需要改善的意见吧。"听到一片赞扬声，蜜朗主动开口转换话题。于是——

"这种咖喱，比起用藠头来，还是用福神渍的酱菜来搭配更好吧？"男爵说。

"米饭是不是再硬一点比较好？"

我也赞成芭芭拉夫人的意见。

你一言我一语，全都被蜜朗记录下来。

"能不能给这种咖喱起个名字呢？某某咖喱之类，谁都能立刻记住的。"说出这句话的是男爵的发小。

"不过，镰仓意面啦，镰仓衬衫啦，镰仓蛋黄派啦，到处都是镰仓镰仓的。如果叫镰仓咖喱，就太陈词滥调了。"男爵嘀咕道。

"镰仓咖喱，好像已经有了。"蜜朗也慢吞吞地说。

"湘南咖喱怎么样？"

"这个啊……干脆把地区再缩小一点，叫二阶堂咖喱好了。"

这些对话，蜜朗都一一记在笔记本上。

我倒是觉得二阶堂咖喱这名称意外地不错，但在当场什么都没说。

所有人吃完咖喱之后，蜜朗给我们沏了印度奶茶。

"啊——真好喝。"我喝了一口就忍不住赞叹。

蜜朗说这茶的甜度比较低，如果不够甜，可以加蜂蜜来补足，但印度奶茶的回味中蕴藏着的微微甘甜，已经让我心满意足了。

"正常来说，印度红茶都是要现煮红茶的，但我们是夜间营业，顾客在我们店里吃了就要回家睡觉，所以我想尽量控制一下咖啡因含量。这杯奶茶用的是南非茶，南非茶是不含咖啡因的。

"不过，你们有没有感到欠缺了什么？"

蜜朗担心地窥探着众人的神情。

"没有没有，这种爽口的感觉，作为一杯晚上喝的奶茶简直棒极了。"芭芭拉夫人率先下定结论。

"总觉得这也有缓解宿醉的功效啊。"男爵说。

"咖喱本身就是药膳，印度奶茶里也加了可以让人安眠的香料。"

"怪不得呢，我都有点想睡了。"

男爵的发小大概嗜甜如命，在奶茶里加了满满的蜂蜜才喝。

大家都彻底忘记了这是场试吃会，变成了这家店的顾客，享受起了美食。

把闲话家常到最后才走的芭芭拉夫人送走之后，店里又只剩下我、蜜朗和 QP 妹妹了。我正要帮着一起收拾，蜜朗却说这是自己的工作，坚决不让我做。

"对了，刚才的咖喱，你真心觉得怎么样？不用说场面话，把真实意见说给我听听嘛。"蜜朗注视着我的眼睛。

"那我就说实话啰。"我说。

蜜朗的脸上流露出紧张。

"很好吃哦。

"不是场面话，是真的真的很美味。

"吃下去就有一种被清风吹拂的感觉。有那样的味道，顾客肯定能吃得很开心。大家回来时都是筋疲力尽的，但是一想到可以来这儿吃上一盘咖喱，说不定就能打起精神来了。

"人都是越劳累就越想吃油炸的东西嘛，但是又不想吃了以后反胃。我觉得刚才的咖喱，刚好能满足这两方面的需求。每天吃当然不可能，一星期一次肯定不在话下。要是明天还有，我一定也会乐意来吃的。

"而且牡蛎这种食材，真是特别棒。因为这一带的牡蛎就是日本第一啊！牡蛎炸得也很出色哦。"

蜜朗咬着嘴唇听我讲。

"不过,把油炸牡蛎跟咖喱结合起来,这个点子你是怎么想到的?"我问了个一直都很在意的问题。

"纯粹是个偶然吧。在和你一起住之前,有一次从熟食店买了些油炸牡蛎回来。我心想着好像有些不太够吃啊,一看锅子里还留着一点没有配菜的咖喱,就给咖喱加水热了一下,配上油炸牡蛎一起吃,发现很好吃。但当初用的咖喱是市面上卖的,我就开始开发搭配牡蛎的新咖喱汁。"

"蜜朗,我都不知道你还在研究秘密武器啊。"

"因为我总不能一直靠小鸠你来养活呀。为了不变成一个小白脸,我拼命着呢。"

来到屋外,不知从哪里飘来一股似曾相识的香味。

于是我和 QP 妹妹两人步行到苊柄天神那里欣赏梅花。我们爬上陡峭的阶梯,寻找神社内的梅花树。寒红梅上已经开出一朵一朵的深粉红色花朵。我们投了香火钱,向学问之神双手合十祈祷。

每年一月二十五日,在这个神社里会举行"笔供养"的仪式——把用旧了的毛笔与铅笔焚化,以作供养。或许上代就是从"笔供养"生出了"书信供养"的点子。

"这次的笔供养,把小 QP 用短了的铅笔也一起带来吧。"

不知在遥远的过去,我和上代是否曾有过类似的对话呢?

站在阶梯最高处眺望,景色比平日显得更加安宁。春天的脚步正从南方一步一步走近。

"打扰了。"

雨夹雪中,一个身穿和服的女人出现在了山茶文具店。她举止优雅地收起和伞,轻巧地走进店内。我还是第一次见到这张脸。

店刚开门没多久,架在暖炉上的水都没烧开。她大概是来委托代笔的。

"请这边来。"

那女人轻轻脱下和服外套,我请她在圆椅上坐下。茶壶里还装着刚泡好的京番茶,我把茶倒进耐热玻璃杯,递给她。

"啊——真怀念。"

女人露出在阳光下打盹的猫咪似的表情,双手轻轻环抱住茶杯,吸了一口京番茶的热气。她白皙的肌肤和利落的单眼皮让人印象深刻,还有一个漂亮的富士额[1]。优雅的和服穿戴也好,窈窕诱人的步伐也好,怎么看都不是等闲女子。接着,富士额女士忽然开口了——

"我到现在,都不太懂男人是怎么一回事。"

突如其来的这句话让我不知该如何回应,只能东张西望。正当我脑海中遐想"富士额女士是什么意思"的时候,她又自顾自

---

[1]富士额是指像富士山形状的前额发际。

地继续说起来。

"因为我的恋人是康成先生。我终究还是没遇到过比康成先生更让我有好感的男人。"

富士额女士说起话来就好像嘴里含着糖一样，有些口齿不清。

"康成先生？"

我想该不会是那个康成吧，以防万一还是确认一下。富士额女士的音调突然提高了八度，略带亢奋地说："是川端康成老师啦。就算你很年轻，至少也应该读过康成先生写的一两部作品吧？"

"啊，是，是呢。"我暧昧不清地回答。

"一想到康成先生，我的胸口就像被揪紧了一样，好难受。但在那之后，身体深处又会涌出甘泉一样的东西。因为我坚信，能让康成先生获得幸福的人，除了我别无他人。"

我还记得川端康成最后是在逗子的玛丽娜公寓的房间里含着煤气管自杀的啊。这是我出生之前好久的事情，我也只知道这些而已。他在镰仓的执笔时间很长，听说有一段时间也曾住在这附近。晚年，他定居在长谷甘绳神明神社旁边，据说还经常去鹤屋。上代不知何时说过有个人在鱼店挑鱼时的眼神很可怕，恐怕指的就是川端康成吧。

"您一直都住在镰仓吗？"我问。

"不不，我是在关西长大的哟。"

富士额女士把句尾收得十分圆润，语调雍容。我还以为她是镰仓人，因为她与这小镇的气氛融入得恰到好处。

富士额女士幼年时，父母相继离世，寄养在养父母家长大。在那段时间里，陪伴着富士额女士孤独心灵的，只有能够理解自身境遇的康成先生。

"这也许就像修女一样。修女们会为耶稣奉献全部身心，不恋爱也不结婚。而对我来说，川端老师就是神。我已经决定把自己的人生奉献给老师。可他选择了那样的死亡……

"我一直在滋贺做公务员，因为我必须赚到钱来确保自立。年轻的时候，也有过几次相亲，但在我看来，还从没有比康成先生更有魅力的男人在我面前出现过。"

说到这里，富士额女士先停顿了一会儿，闭上眼睛，有滋有味地喝完了京番茶。

"也许你会嘲笑我是个分不清梦想和现实，脑袋有毛病的老女人。但我是真心地爱着康成先生，是发自内心深处的。这份爱现在一样在延续下去。"

仔细一看，富士额女士的脸上已经印有几条小小的皱纹。它们就好似富士额女士的人生勋章。下定决心过这样的人生，不可能怪罪到他人头上，这是需要很大勇气的。我回想起自己的"黑皮辣妹"时代，心有戚戚。被人嘲笑，被人指指点点，依旧贯彻自己的信念，是需要坚如磐石的觉悟的。

富士额女士继续静静地说：

"从机关退休之后，我就一咬牙搬家到镰仓来了。当公务员的时候从来没挥霍过，一直以来都是节俭生活到现在的，金钱上勉强不成问题。现在我能置身于康成先生生活过的小镇，和他欣赏同样的景色，感受同样的季节，真的很幸福。

"上个月，虽然为时尚早，我还是搬进了老人之家。身体倒是没大碍，能跑能动的，但毕竟还是无依无靠的。我不想出了什么事再去麻烦到其他人。

"孤单一人还是很寂寞的，尤其是到了这把年纪就更难熬了。我在这里姑且算是交了几个喝茶的朋友。所以啊，如果能收到康成先生寄给我的情书——哪怕一个月一次——就更好了，我就是来请求你这件事的。"

说到这里，富士额女士看着我露出了微笑。

说句实话，我一开始的确怀疑她是个神经有点不正常的人。但听她述说的过程中，我渐渐跟富士额女士产生了一点共鸣。

富士额女士打开提包的扣子，从里面取出一张便笺纸。上面写着富士额女士投靠在茅崎的老人之家的地址，以及她的姓名。

"一张明信片就足够了。在人生的最后，能让我做个甜蜜的美梦，我也就接受自己的人生了。告诉我'这样就好，你没做错'，我就能伸出双手拥抱一切了。"

既然富士额女士说出了这种话，就说明她心中还在迷茫吧。她或许在想，说不定自己还能经历另一种人生。待到蓦然回首之时，才会发现自己走过的道路黑暗得令人毛骨悚然，我也深有体会。

富士额女士离开山茶文具店的时候，雨雪都已经停止，只留下一片褪了色似的浅黄色天空。富士额女士那瘦削的背影正在诉说，不论是谁都无法选择一个事事如愿的人生。

我远远目送着富士额女士的背影离去，她脚踩着竹皮屐，和服的下摆娇艳地翻飞着，就好像在彰显富士额女士的真性情。

去镰仓文学馆看完川端康成亲笔原稿，回来的路上又绕道去了甘绳神明神社。

天冷得简直连内脏都快被冻住了。我尽全力爬上陡峭的石级，来到大殿参拜。据说这间神社是镰仓最古老的神社。

我在石级旁边发现了一棵樱花树，据说名叫"玉绳樱"。如此寒冷的日子，树梢上依然有红红的花蕾鼓起，实在惹人怜爱。樱花树与富士额女士的生活态度，在我心中漂亮地重叠在了一起。

一转身，就能越过民居的屋顶看到对面的大海。

川端康成一定也从这里眺望过大海。川端康成的最终住所是一座日式房屋，就坐落在这间神社脚下。

我哈出一口气，化作烟雾般的白气。天气实在太寒冷了，泪水不停地渗出来。

川端康成的字，有一点让我的期待落空。所有的字都挤到了格子的右侧，让我联想到长时间倾斜着运送的便当盒。字也很小，挤在一起。

我本以为是因为要修改原稿才故意写成这样的，但另一个房间展示的私人明信片上，笔迹也是晃晃悠悠的，就像自由奔放地舒展着藤蔓的豌豆一样。富士额女士知道这件事吗？与川端康成相比，小林秀雄才真称得上字如其人，漂亮极了。

因为太过寒冷，我跑进了文学馆附近的一家点心店。之前路过时，我就已经对这家店很感兴趣了。

来到二楼的咖啡室，一个人都没见到，被我独占了。我在餐桌旁坐定，点了杯伯爵茶，顺便还点了块草莓奶油蛋糕。

抬头一看，房梁外露的天花板很高，让人心情舒畅。我像松鼠一样搓着双手，让体温一点点升高。

我从包中取出来时购买的鸠居堂明信片和钢笔，在桌上摆开。不必特地跑到银座去，在镰仓的纪伊国屋书店就能买到鸠居堂的明信片。

我一口气就把信写完了。信的内容是刚才在由比之滨大道上边走边想出来的。

菊子殿

先日の、白い帽子をかぶった大佛様は、御覧にふりましたか。あなたが、風邪などひいてゐないことを願ふばかりです。一生のうち、たった一人でも、あなたのやうな、讀者と巡り合へた自分は、幸せ者です。また書きます。

康成

追伸。寒さを乗り切るには、牛肉を食べるのが一番です。

译

菊子小姐：

前几日，您见到那尊戴着白帽的大佛了吗？衷心希望您并未因天寒而罹患感冒。即便一生之中都孑然一身，能遇到您这样的读者，我依旧是个幸福之人。下封信再叙。

康成

追记：要度过漫漫寒冬，吃牛肉是不二之选。

菊子，这不知是富士额女士的本名，还是她给自己取的名字。菊子是川端康成以镰仓为故事背景所写的小说《山音》中登场的女角色名。

川端康成在《一人的幸福》这部短篇中，曾写过这样的话——

"一生中即使只能使一个人幸福，那也是自己的幸福。"

富士额女士与川端康成虽不能直接会面，但她由衷地爱着川端康成的作品。假如这些书是支撑她活下去的动力，那对川端康成来说也是一桩幸事。可以说，尽管只是间接的，富士额女士仍然给川端康成带去了幸福。我想把这种心意尽我所能地传递给富士额女士。

我从上代的收藏品中取出一枚旧邮票。

川端康成去世的日子是一九七二年四月十六日。我挑选的是同年二月札幌举行冬奥会时发行的纪念邮票。上面有个穿着黑衣的男人和穿着红色紧身衣的女人，正在花样滑冰。画面很有跃动感，仿佛这两人立刻就会从邮票里飞出来。

我用指尖蘸上冷水打湿邮票，牢牢贴在明信片上。接着用过去的秋田犬邮票补足了还缺的二日元。因为川端康成很喜欢狗，所以我猜他一定会选狗的邮票。

话又说回来，川端康成为什么会选择亲自断送性命呢？实际并没有找到他的遗书。

如果，如果他真的邂逅了富士额女士，如果富士额女士能够接纳他全部的孤独感，他的人生结局或许也会因此而改变。

我吃着剩下的奶油蛋糕，发着呆思索这件事。

从店里走到外面，寒冷越发极端了。我兴致大减，决定从由比之滨坐江之电[1]回家。

我在"波平"买了四个鲷鱼烧。其中三个与剩下一个分袋装，那一个是带给芭芭拉夫人的礼物。

装在口袋里走在路上，就好像怀抱着暖宝宝一样，热乎乎的。半路上遇到了邮筒，就把寄给富士额女士的明信片投寄了。

坐在江之电上的时候，我想把自己那份鲷鱼烧当场吃了，但还是忍住了。我已经再也不想一个人独享美食了。哪怕量再少，还是跟QP妹妹和蜜朗三个人一起吃更开心。像这样分享着同样的美食，我们的距离会不会一点点缩短，我们会不会越来越相似呢？我满心期待着。

续·镰仓七福神巡礼，这回连QP妹妹也参加了，而代替男爵与胖蒂照顾儿子的重任就交给了蜜朗。要丢下还在喝奶的孩子去参加七福神巡礼，胖蒂本来是有点半推半就的，男爵却强硬地拉着胖蒂的手把她也带来了。

由于参加者的日程安排各有不同，没能像上次那样一天不差地在农历春节当天出发，但还是挑了离春节最近的一个星期日。

---

[1] 江之电是江之岛电铁的简称。

大家在江之电由比之滨站不远处的丰龙中餐集合。这是男爵常来的中餐厅，距离由比之滨站没几步路，甚至说开在车站里面都不过分。每当有江之电的列车驶过，地板就会微微震动。

我们的计划是先在这儿填饱肚子，然后开始七福神巡礼。

点餐当然交给了男爵。

众人夹着煎饺吃，等待酸辣汤面上桌。自芭芭拉夫人在家中召开赏花会以来，这还是第一次全员齐聚。

当初在大家面前自我介绍说"今年五岁"的QP妹妹，也已经七岁了。现在她不用涂蛋黄酱也能吃下煮鸡蛋了。男爵和胖蒂已经生了孩子，我和蜜朗结婚了。芭芭拉夫人最近似乎也交到了新男友。

大概是因为能重开七福神巡礼而格外开心，男爵显得神采奕奕。他根本不听胖蒂的劝阻，又续了一杯啤酒。

胖蒂完全成了个泼辣老妈。当初，得知父亲病危的胖蒂惊慌失措地收回了寄出的信，真是太好了。一想到我自己也帮着撮合过这对忘年情侣，就不由得开心起来。

"大家久等了。"

期待已久的酸辣汤面登场了。这么大分量，QP妹妹一个人到底还是吃不下去的，我要了些米饭，把酸辣汤浇上去给她做成了菜粥。

大家都不说话，只是吸溜着面条。被甜辣的汤汁包裹的面条只有铅笔芯那么细，汤里还有各种配菜。我还担心这对QP妹妹来说会太辣，实际似乎还好。刚才还浑身冷得发抖，吃着吃着，身体就暖和了起来。胖蒂用手帕给男爵擦掉了额头上冒出的汗珠。尽管男爵露出了"真烦人"的表情，依旧得由着她来照顾。

想到男爵对我坦白的事实，我就会情不自禁地涌出一汪泪水，所以今天我决定把那件事彻底忘光。我什么都没听过，那些只是我的误会吧，我不断地说服自己。

QP妹妹吃完一碗饭似乎意犹未尽，我给她添了一份面，也被她吃得干干净净。以防走到一半肚子饿，我在背包里装上了每人一份的笑脸面包。

"那我们就出发吧。"

男爵领头，我们在寒风下开始了时隔两年的七福神巡礼。先在长谷寺请到了大黑大人的御朱印，顺便去御灵神社参拜了福禄寿大人。

QP妹妹问福禄寿是什么，正当我回答不上来的时候——

"福禄寿啊，就是福、禄、寿三全，是个长生不老的神哦。"男爵替我解围了。

"那他和寿老人的角色是不是重复了？"

"这两个神都是长寿的象征呢。"

胖蒂和芭芭拉夫人你一言我一语。

"长……寿？"

"长寿啊，就是活得很久、寿命很长的意思哦。"我告诉QP妹妹。

"波波，你要长寿哦。"她眼睛直直地盯着我，开口说道。

"大家都要长寿哦。"一股感情不知从哪里萌生出来，我尽力抑制住，如此说道。

男爵也好，胖蒂也好，芭芭拉夫人也好，蜜朗也好，还有QP妹妹，我希望他们全都能长命百岁。

去完御灵神社之后，大家进入甜品店稍事休息。

"总觉得老是在吃嘛。"男爵说。

"甜品可是心灵的营养哦。"胖蒂立刻顶嘴。

胖蒂今天也忘记了为人母的辛劳，纯粹地享受着七福神巡礼。

后来，我们参拜到本觉寺的惠比寿大人时，已经将近傍晚五点，差一点寺院就要关门了。这么一来，御朱印手册上的七福神中已经有六位集齐了，只剩下小町的妙隆寺。

机会难得，伴随着五点的钟声，我们占据了福屋的整张柜台。相比参拜神社佛阁的时间，我们一天里吃吃喝喝的时间长太多了。但这可是成年人的七福神巡礼，这么做也不要紧。更何况，男爵想给妻子留下快乐回忆的愿望就此实现，可喜可贺。

半路上，蜜朗也带着宝宝过来，与我们在庆功宴上会合了。我还是第一次看见抱着婴儿的蜜朗。仅仅共处了一天，蜜朗就和孩子构建了坚固的信赖关系。

"明明我一抱就又哭又闹的。"

男爵咬牙切齿的样子，让蜜朗的好爸爸形象愈加完美了。胖蒂大大方方地在柜台边给孩子喂奶的模样也美极了。

从福屋出来,蜜朗和宝宝也加入了我们的队伍,大家一起前往最后的目标——妙隆寺。在那里,七福神巡礼宣告完满结束。虽说没得到御朱印,但男爵也算是得偿所愿了。

因为芭芭拉夫人回程与我们同路,就打了出租车回家。QP妹妹累坏了,依偎在我身上呼呼熟睡。

此刻的男爵正与爱妻和爱子走在夜路上,不知他在想些什么呢?我由衷地祈祷,希望男爵能与家人在一起更久一些,哪怕多一天也好。

当我出神地望着夜空中的星辰的时候——

"波波,今天真的好开心,谢谢你呀。"芭芭拉夫人正在回味似的低声说。

我有一种预感,在遥远的未来回顾今天的时候,一定会感叹这真是特别的一天。如今我们尚且"身在其中",还没法透彻地理解。

今年的书信供养不出意外地结束了。

雨宫家的先辈并非代代相承的代笔人,书信供养也是上代想出来的规矩,我不干了也没什么关系。但是,把书信供养停了总让人心里不舒服,觉得不做可惜,或者说我也想为世间做点贡献。总而言之,只要还有希望供养的书信送来,我就会继续下去,把继续下去当作自己的使命。

因为，就好比人有灵魂，言语中也有言灵。所以，把言灵平安送往天堂的仪式也许是有必要的，即使会被人取笑在玩过家家。

蜜朗的新店铺也顺利迎来了开张日。那天的油炸牡蛎咖喱最终被命名为二阶堂咖喱，正式亮相。为了庆祝开张，我给店里书写了菜单和招牌上的大字。夫妻俩偶尔也会因为一些鸡毛蒜皮的小事争吵起来，每当这时候，QP妹妹就会做一个公平的裁判。

男爵精神矍铄，成了个和蔼的大爷。看来我给男爵代笔这件事还早得很。我姑且慢慢地构思起了内容，可谁知那一刻真正到来时，我的心情又会有怎样的变化呢？

不过，装信纸的信封，我已经决定用试打男爵那台好利获得打字机时用的洋葱纸了，因为那上面印着男爵打出的"I love you"。

这么做的话，男爵说不定会大发雷霆，说我坑了他呢。一定是知晓一切的命运之神让他打出这几个单词的，因为凡事都有它不言自明的道理。

白昼一点点变长了。芭芭拉夫人家的后山上，今年也开始长蜂斗菜了。星期天早晨，我和QP妹妹两人去采蜂斗菜。

"要注意脚下哦。"

芭芭拉夫人笑盈盈地目送我们登上山路。我和QP妹妹脚上都穿了长筒皮靴。

只是稍微亲近一点自然，泥土的气息就扑面而来，能感觉到活物的呼吸就在我们的身旁。

"蜂斗菜，找到啦！"

发现第一棵的是 QP 妹妹。黑漆漆的地面上，星星形状的蜂斗菜开着花。

"被你找到啦。不过我们要采的不是已经开花的那种，要尽量采还是花蕾的，这样才更好吃。"

我顺口就把上代教我的事情一字不落地传授给 QP 妹妹。

"那些是蜂斗菜的宝宝吗？"

"是呀，是蜂斗菜的宝宝。"

"那就是和茶叶一样呢。"

"没错没错，茶叶也是要摘它们的宝宝。"

即使是不经意间的对话，QP 妹妹也会牢牢记住。

蜂斗菜这边也有那边也有，到处都有它们的脑袋冒出来。

"就像鼹鼠一样呢。"

每当发现一棵蜂斗菜，QP 妹妹就会怜惜地摸摸它的脑袋。

就连我也觉得蜂斗菜越看越像鼹鼠了。

在后山走了将近一小时之后，我们采到了不少蜂斗菜。

"差不多该回家了吧。"

QP 妹妹还想继续采蜂斗菜，但采回去也吃不完。我推推 QP 妹妹的后背提醒她该回家了，接着沿坡道而下。

"小心脚底下滑哦。"

话音刚落我就滑了一跤。身体轻飘飘地浮在半空，刚意识到的时候就一屁股坐在了地上。这么夸张的摔跤，可能从小时候起就没发生过。

又好笑，屁股又疼，心里又止不住地惊讶，几种感受混杂在一起，回过神来已经在咯咯大笑。笑得太厉害，连眼泪都笑出来了。实际只是一瞬间发生的事，却觉得被连续拍了好几张照片出来，记忆无比鲜明。

站起来回头一瞧，牛仔裤的屁股上已经是一团黑泥。

"波波，回去之后洗一洗吧。"我被 QP 妹妹叮嘱了。

虽然屁股上还有点疼，但似乎没有受伤，我也松了口气。我牵着 QP 妹妹的手，一步一确认，小心翼翼地走下了山。

回到家换好衣服，和 QP 妹妹一起吃过午饭之后，我把蜂斗菜放进水里洗干净。留够我们一家三口晚饭做天妇罗的量，我把剩余的做成了蜂斗菜味噌。

我将蜂斗菜用水焯过，趁热剁碎，QP 妹妹则用擂钵帮我研碎核桃。QP 妹妹用着上代爱用的擂钵，这一幕让我觉得很奇妙。明明没有血缘关系，上代和 QP 妹妹却切切实实地联系在一起。这稀松平常的研杵，就好像一根接力棒。

假如上代还活着，她会怎样对待 QP 妹妹呢？

会一成不变地当个威严十足的老奶奶？还是出乎意料，变成一个疼爱曾外孙女的老奶奶呢？既然是 QP 妹妹这样的孩子，她就一定能把上代领入自己的世界，让她展露笑颜的。

但有一点是很明确的，上代绝不会否定我做的这个选择。她大概会表情纹丝不动地对我说："随你的便去吧，但是千万别给我半途而废啊。"

自己定下的目标一定要坚持到最后，这就是上代的生活哲学。恐怕上代在见到刚出生的我时，就已经下决心要对这孩子严加管教了，而她将这种态度一直贯彻到了生命的终结。这大概就是希望我一个人也能好好活下去的爱吧。

因为，上代去世之后，就再也没有能帮助我的人了。当时，她是为了让我能不依赖任何人，独立生活下去，才狠下心来严格地教育我的。

现在我终于有点理解上代的心情了。如果我能早一点从这个角度去看待事物，或许就不必经历那样血肉模糊的格斗了。

细细剁碎蜂斗菜之后，再用力拧出其中的水分。

点火加热平底锅，倒上芝麻油。拜托 QP 妹妹研磨的核桃，也粗细均匀，恰到好处。过去我负责的就是 QP 妹妹现在的工作，我在上代身边，为了不挨骂而拼命地转动着研杵。

在热好的平底锅里一倒上切碎的蜂斗菜，厨房一瞬间就变得春意盎然。

"真香。"我说。

"真香呢——"QP 妹妹也模仿大人的口气说。

我是多么幸福啊！星期天的下午，能和这么可爱的女儿一起，在家里做蜂斗菜味噌。

"待会儿也要分点给芭芭拉夫人哦。"我一边用木铲翻着锅中的菜一边说。

窗外面,传来了宣告春天到来的莺叫声。

当天晚上,QP妹妹病倒了。

星期天,一家三口共享晚餐的时间是非常珍贵的,我比平日里兴致更高,把早上摘来的蜂斗菜配上家中存着的蔬菜,做了天妇罗。餐后,我正准备将芭芭拉夫人送的草莓做成甜品时——

"好难受。"

QP妹妹嘀咕完没过几秒,就吐得一塌糊涂。蜜朗慌忙取来脸盆,可已经来不及了。一瞬间,我还担心蜂斗菜上该不会有什么病菌吧,但这不太可能。

"发烧了。把体温计拿来。"蜜朗用手掌抚着QP妹妹的额头说。

刚才明明正常地吃完了晚餐,现在蜜朗臂弯中的QP妹妹却满脸通红,浑身瘫软。

我慌忙拿来体温计,夹在她的腋下。趁这时候,我把QP妹妹身边的脏东西都擦干净了。体温超过了三十九度。

"这可怎么办?"我慌张起来。

"冷静点!"蜜朗的嗓音少有地高亢起来。QP妹妹的衣服脏了,必须先给她换身衣服。然而我完全陷入了恐慌,里里外外做了好几次无用功。我还是第一次见到QP妹妹病得这么严重。

我用手摸了摸QP妹妹的额头,明显很热,QP妹妹却叫唤着好冷好冷。她的身体在微微颤抖。

"先让她上床休息吧。今天是星期天,已经太迟了。明天早晨看看情况如何,再带她去医院吧。"

正常来讲,这顺序是反了吧?我心里这么想,却还是听了蜜朗的话。本来,稳稳镇场的应该是母亲才对,可守景家的母亲却手足无措的。蜜朗抱起 QP 妹妹走上楼梯,我只能失魂落魄地跟在他们后面。

"总之,只能先看看情况了。发烧和呕吐,都是小孩子常见的症状啦。"让 QP 妹妹好好睡在床上之后,蜜朗冷静沉着地说。

"知道了。今天我就在这个房间睡了。"

我能做的事情,只有陪在她的身旁。

"明白。不过小鸠你也别太勉强自己,要是连你都倒下了,守景家就完蛋了哦。"

"嗯,我明白啦,没事的。"

小时候,我在学校里经常"发烧"。每一次,上代都会来学校接我。即便是那样的时刻,上代也一点都不会善待我。别说善待了,根本就是脾气更差了。她常说得感冒或者弄坏身子是因为自我管理没做好,是自己的错。我拖着病体还得听她的说教。上代或许早就看穿了我是在撒娇吧。

我在 QP 妹妹的床旁边铺了被褥。QP 妹妹脸涨得通红,正不住地呻吟。有些事情虽然我不愿它发生,但还是有备无患的好。以防在半夜喊救护车时太过混乱,我把保险证、钱包、基本的替换衣物都装进了包中，还在 QP 妹妹的额头上贴上了冷敷的退烧贴。

我看 QP 妹妹的状态稳定了一些，便走下楼去，只见蜜朗正在厨房清洗餐具。

"谢谢。"我说。

"我想起阳阳第一次发烧，两个人急得手忙脚乱那一回了。"蜜朗若有所思地说。

两个人，指的是蜜朗和美雪。蜜朗主动提起美雪，真是很难得。

"当时是怎么样的？"

我现在最想见的就是美雪。我好想见到美雪，问一问这时候应该如何应对才好。

"冰箱里没冰了。她因为这个责备我，我们大吵了一架。我记得美雪还跑去便利店买冰块了。我刚才就是想起这回事了。明明只是几年前的事，却好像已经很久很久了。"

外面像在下雪似的，安静得鸦雀无声。我给 QP 妹妹准备要喝的水和水杯时，蜜朗说道："要是继发脱水症状就太可怕了，我这就去买 OS-1[1] 回来。"

"说得对，快去买吧。要是能买到香蕉的话，也拜托了。"

上代常说，香蕉对提高免疫力是最好的。

---

[1] OS-1 是大冢制药生产的医用口服补水液。

把水搬到二楼时，只见 QP 妹妹神情痛苦地睡着了。刚刚换上的衣服，已经被汗水打湿了。

我用干毛巾给她擦去汗水。要是能插一根吸管到 QP 妹妹的身体里，把她的痛苦和煎熬通通吸到我身上来，不知该有多好。

我穿着衣服直接躺倒在被褥上。就算做好了随时醒着的准备，实际依然会中途睡着。我不知多少次爬起来给 QP 妹妹测量体温。虽说温度降了一些，但毕竟还是有三十八度。

我给她换了新的退烧贴，又换掉了湿漉漉的睡衣。用手摸摸她的脸颊，还是相当烫人。

加油，加油，QP 妹妹加油啊。

我在心中给她鼓劲，又盯着她的睡脸看了许久。她正用这小小的身体，与来路不明的敌人战斗着。

回想起来，我也曾住过一次院，说不定就是和 QP 妹妹差不多年纪的时候。我得了盲肠炎，做了手术。那一次，就连上代也没发火。

也就是说，上代大概早就彻底看透我之前是在装病了吧。现在想想，也只能这么解释了。

不知何时，我已经把脑袋靠在 QP 妹妹的床边上，睡着了。睁开眼睛，只见 QP 妹妹在轻声嘀咕着什么梦话。

"怎么了？没事吧？"

她可能是做噩梦了。接着，她又用耳语般的小声说起话来。我把耳朵凑过去，想听清她说了什么。

"妈妈。"

她说得清清楚楚。

一瞬间，我还以为她是在呼唤美雪，又连忙给自己的心来了一记掌掴。这种事情根本就无所谓。不管是美雪也好，我也好，都无所谓。最重要的是，QP妹妹正渴求着母亲的关怀。

"阳阳。"我对做着梦的QP妹妹说。

我一直认为这个称呼是美雪的特许专利，所以向来是回避的。QP妹妹不是我生下的，或许我根本不应该这样称呼她，我总是顾虑重重。她并不是我忍着肚子疼生下来的，我还称得上真正的妈妈吗？这让我望而却步。但实际并非如此，我终于明白是我自己错了。QP妹妹渴求着我，她渴求着我和美雪，或许我就是美雪，美雪就是我。这些小事对QP妹妹来说，根本无关紧要。我对总是纠结于这些小事的自己感到羞耻难当。

"阳阳。"我再一次呼唤。

即便只是在梦中，被喊妈妈的我还是很开心。哪怕呼唤的不是自己，也很开心。其实我真的很想被这么呼唤。发觉自己内心中萌生的喜悦之时，我终于意识到了自己的真实心意。认为这件事无所谓，只是幼稚的我在负隅顽抗般地逞强而已。

说不定，上代也在等待我叫她外祖母的那一天呢。

大概是因为出了许多汗，QP妹妹的体温降到了三十七度几。

清晨，来到楼下，只见难得早起的蜜朗正在做粥。

"早上好。"

我从身后向他问早，他惊慌地回过头来。

"情况怎样？"

"刚才量了一下，已经降了不少。"

"那就好。小鸠你有睡过一会儿吗？"

"大概吧。断断续续地睡了一会儿，没事的，反正今天店铺也不开张。"

我说着，在水壶中添水，准备喝杯京番茶。

土锅中飘来了热粥的柔和香气。

"我记得家里还有金橘吧？"蜜朗正查探着冰箱里的蔬菜室。

"应该有吧。是前阵子去联售站买的。"

"找到了，找到了。"蜜朗从冰箱里抽出装着金橘的口袋。

"你找这个干什么？"我问。

"放粥里一起煮，我已经把红薯丢进去了。"蜜朗平淡地说。

"咦？金橘和红薯？你这还算是粥吗？"我大吃一惊，不由得瞪着蜜朗。

"我刚开始也很吃惊啊。不过据说在美雪老家，这是孩子生病时必做的粥呢。正式的菜谱里还要加葡萄干，我想这个还是省略了吧，今天就只放金橘和红薯算了。

"美雪说，一想到能吃这个，整天盼着得感冒呢。阳阳得感冒的时候，我们也做给她吃了好几次。"

"她爱吃吗？"

"本人大概已经不记得了，吃得可香了。"

"那得赶快给她做呀。美雪的母亲恐怕也是想着要给她补补营养,才把孩子爱吃的金橘和红薯放进粥里的。"

我在小茶壶里添入茶叶,将水壶中的沸水注入。深秋枯叶般的香气氤氲而出,我又想起一家三口去狮子舞看红叶的那个早晨了。

"给。"

在壶中焖了一会儿之后,我给蜜朗的马克杯沏上头茶,递到他面前。平日里都是我一个人望着朝霞喝京番茶,今天有了蜜朗与我对饮。

"我有个问题。"喝了一口热茶后,我说,"陆、海、空里面,美雪最喜欢哪个?"

其实我一直都很在意。

"什么呀,问得没头没脑的。还以为你在讲自卫队呢。"

"才不是呢,我可是问得很认真的,快老实告诉我,又不会少块肉。"

与蜜朗两人共饮的京番茶,总觉得比以往更加甘甜。

"这个嘛,如果要说出门玩的话,还是去海边的情形比较多。"

"是吗,所以她才喜欢上镰仓的?"

"要我来选的话,还是更爱上山。有时也想去露营之类的。小鸠你呢?"

"我完全是森林派的。大海有点太广阔了,反而挺可怕的。山上的天气会突然变脸,要担心的事太多。在森林里最舒坦,因为很温柔啊,就算是门外汉也能享受到。"

"不过你问这个干什么?"

"我是想写封信啦。我想把自己的心情好好地传达给美雪。之前我都不知道该把信寄到哪儿去。既然美雪喜欢大海,就把信寄到海上去吧。"

"是吗——"蜜朗双手抱胸,盯着我看。

"机会这么难得,蜜朗你要不要也写一封?"

我说到这里的时候,厨房的移门咔啦咔啦地打开了,QP妹妹忽然出现。

"我也要写!"她的声音听上去精神百倍,仿佛什么事都没发生过。

"身体怎么样?肚子还疼吗?"我问。

"再不赶快去学校,就要迟到啦。"

QP妹妹急得都快哭了,因为她在学校一向得全勤奖。

她的脸色好多了,用手摸摸额头,似乎也不烫了。但以防万一,我还是拿来体温计给她夹在腋下。光看昨晚的样子,根本想不到她今天还能去上学。

确认过之后,发现体温的确降了。

"好,那今天也去上学吧。"蜜朗开口说。

"太好啦——能吃到白菜卷啦!"

QP妹妹说着,就欢蹦乱跳起来。对啊,今天食堂会做QP妹妹最喜欢的白菜卷。

"好啊。如果又觉得不舒服，我们会马上接你回家的。"

刚才还冷冰冰的气氛，忽然就热闹了起来。

手忙脚乱地给 QP 妹妹换上衣服，洗把脸，又把教科书和笔记本塞进书包。接着，我们三人一起喝了粥。

加了金橘的红薯粥，有一种难以形容的酸甜，非常美味。美雪一定也会为我们高兴的。守景家崭新的一天又开始了。

美雪さんへ

はじめて手紙を書きます。もう、私が誰か美雪さんにはつつぬけかもしれないけれど、一応、自己紹介をさせていただきますね。

私は、守景鳩子といいます。ミツローさんの、二番目の妻になりました。

ミツローさんとは、鎌倉で知り合いました。ご近所さんから交際に発展し、去年の春、QPちゃんが小学生になった日に入籍しました。来月で、結婚してから一年になります。

私達の間をとりもってくれたのは、QPちゃんです。QPちゃんといっても、美雪さんにはピンとこないかもしれません。QPちゃんというのは、美雪さんとミツローさんの娘です。私は、彼女をこう呼んでいます。
美雪さん、QPちゃんを産んでくださって、本当に
ありがとうございます。まずは、美雪さんにそのお礼を伝え
たくて、この手紙を書いています。
QPちゃんが、私の人生を変えてくれました。彼女が、私を
明るい世界へと導いてくれたのです。
もう、QPちゃんと出会わなかった人生を、想像することが
できません。
でも、そのことに感謝すればするほど、私は美雪さんに対して、
後ろめたさを感じてしまいます。
美雪さん、本当に辛かったね。痛かったでしょう。最後までQPちゃんのことを
たくさんの血を流しながらも、最後までQPちゃんのことを

気にかけていたんだよね。QPちゃんのことを、必死で守ったんだよね。

母親として、美雪さんを心から尊敬します。

初めて美雪さんの書いた文字を見た時、私、なんだか美雪さんのことを前から知っているような気持ちになりました。

あー、私この人のことが好きだな、って直感でそう感じたのです。

会いたかったなぁ、美雪さんと会いたかったよ。

ミツローさんを抜きにして、友達になりたかったです。

一緒にお茶を飲んだり、旅行に行ったり、してみたかった。

きっと私達、いい友情を育めたんじゃないか、って、そう思うのです。だって、なんといっても、男の人の趣味が一緒ですから！

ミツローさんをステキだと思う私達って、きっと、すごーく

4

見る目があると思いません？
美雪さん、私、QPちゃんのこと、美雪さんと同じように、はるちゃん、と呼んでしまってもいいですか？　私が本気で、はるちゃんの母親になってしまってもいいですか？
そうすることは、なんだか美雪さんをモリカゲ家からしめだすようで、心苦しかったの。でも、私もちゃんと、名実ともに「お母さん」になりたいな、って、この間、彼女の看病をしながら、はっきりそう思ったのです。
どうか、私のわがままを許してください。
私は、モリカゲ家が世界一のキラキラ共和国になれるように、精一杯がんばります。キラキラ共和国を、命がけで、守ります。

5

もちろん、美雪さんが帰ってくる場所は、いつだって、モリカゲ家に用意しておきます。約束します。
これは夢物語かもしれないけれど、もしも美雪さんが、私たちの赤ちゃんになってこっちの世界に戻ってきてくれるなら、それはもう、大歓迎です！
だから、もしも、いつか私が妊娠したら、赤ちゃんを、産んでもいいですか？
私は、美雪さんの気持ちを一番にしたいな、と思っています。
もう一度言います。美雪さん、はるちゃんを産んでくれて、本当にどうもありがとうございます。
私、美雪さんのことが、大好きです。これからも、ずっとずっと好きです。

鳩子

译

美雪小姐：

　　这是我第一次给你写信。我是谁，想必你早就已经一清二楚，但还请容我做个自我介绍。

　　我名叫守景鸠子，是蜜朗的第二任妻子。

　　我与蜜朗是在镰仓相识的，因为住所相邻而发展为正式交往，去年春天，在QP妹妹升入小学的那天入籍结婚了。下个月，我们结婚就满一周年了。

　　为我们牵上红线的，是QP妹妹。

　　QP妹妹这个名称，对美雪你来说也许有些摸不着头脑。其实，QP妹妹就是你与蜜朗的女儿，我是这样称呼她的。

　　美雪，你为我们生下QP妹妹，我真的、真的万分感激。为了向美雪你表达谢意，我才写了这封信。

　　QP妹妹改变了我的人生，是她引导我走进了一个明朗的世界。

　　我已经不敢想象没有遇到QP妹妹，人生会是何种景象了。

　　但是，我越是怀抱感激之情，就越是对你感到无比内疚。

　　美雪你真的很痛苦吧？一定很疼吧？

　　你虽然流了许多鲜血，但在最后关头还是关心着QP妹妹，拼了命地保护着QP妹妹。

　　作为一个母亲，我发自内心地尊敬你。

　　第一次见到你写的文字时，我总觉得好像很早以前就已经认识你了。啊，我喜欢这个人。凭着直觉就对你产生了好感。好想见见这个人啊，好想见见美雪啊。

　　甚至想抛开蜜朗，和你成为好朋友。

　　真想和你一起品茶，一起旅行。

　　我们一定能孕育出最棒的友情。毕竟我们对男人的兴趣都是一样的嘛！同样觉得蜜朗非常出色的我们俩，你不觉得眼光都很不错吗？

　　美雪，我能像你一样，把QP妹妹叫成阳阳吗？我能认真地去当阳阳的母亲吗？

　　这么做就好像要把美雪从守景家排斥出去一样，让我内心很是煎熬。但是，我真的好想成为一个名副其实的"妈妈"啊。前几天，照顾病倒的孩子时，我确认了自己的心意。

　　请原谅我的任性。

　　为了将守景家变成世界第一的闪闪发光共和国，我会竭尽全力奋斗的。我会赌上性命来守护这个闪闪发光共和国。

　　当然，在守景家中，也已经准备好了能让你随时回来的归处。我可以向你保证。

　　也许说起来像是天方夜谭——假如美雪愿意成为我们的孩子，回到这个世界上来的话，那绝对会受到热烈欢迎！

　　所以，假如我哪天怀孕了，可以把宝宝生下来吗？

　　我总想把美雪的感受放在第一位来看待。

　　再说一遍吧。美雪，你为我们生下阳阳，真的是感激不尽。

　　我真的好喜欢美雪。从今往后，也会永远、永远喜欢下去。

鸠子

我已经尽量把字写得很小,但还是用了五张信纸。在信纸上写上页码,再叠起来卷成小筒,塞进漂流瓶中。

QP妹妹和蜜朗也分别写了给美雪的信。蜜朗到最后都推脱说文笔不好,字很难看,结果昨天还是躲进被炉,认真地写完了。QP妹妹好像写了带图画的留言。我们各自都不知道对方在信中写了什么内容。

四月的第一个周末,我们起了个大早,来到材木座。

"一——二——"

我把漂流瓶送进大海,QP妹妹则把系了气球的信放飞天空。一转眼,气球融入和煦的春日晴空。

"气球大——叔!"QP妹妹朝着天空大喊。

我也目送着装了信的漂流瓶到最后一刻。

刚开始没怎么乘上波浪,差点再次回到沙滩上,但漂流瓶似乎又下定了决心,不一会儿就游得出色起来,消失在浪涛中。

蜜朗把写给美雪的信寄给了漂流邮局。漂流邮局是个可以接受无地址信件的邮局,就坐落在濑户内海的一座小岛——粟岛的正中央。

从海边回家的路上,蜜朗自言自语:"我一直都很恨他,恨那个凶手。我一直在想,你也该尝尝那种惨状,像那样痛苦地死去就好了。"

"那是当然的啦。"我说。

我也恨夺取美雪生命的那个凶手。我恨不得他受尽苦痛,堕入地狱。

"但是……"蜜朗接着说,"不管多么祈求对方过得不幸,也并不能让自己过得更幸福。我写信的时候,才意识到了这件事。"

蜜朗的话让我内心猛地一沉。

"我们只能继续活下去。如果说真有报复凶手的方法,那一定是让自己过得更幸福。假如我们哭哭啼啼的,反而正中他的下怀。"

海的另一边吹来了温柔的风。我们被纱巾一般的微风包裹着。风向我们低语道,已经没事了。

"阳阳。"等待红灯时,我说,"谢谢你出生在这个世上。对努力生下你的妈妈,我也要发自内心地说声谢谢。"

她本人还没理解我话中的意思,呆呆地望着天空,但她也许会用自己的方式将我的话铭记于心。看她的表情,好像在说:这种事为什么要特地再说一遍?

信号灯变绿了,我们再次开始行走。这一刻,漂流瓶应该已经在某片海域旅行了吧?能看到富士山了吗?

"说得对呀。留下来的人,就只能继续……活下去了。"我反复咀嚼着蜜朗刚才说的话。

"雷迪巴巴生孩子的时候,肯定也很拼命哦。"

蜜朗突如其来的这句话,让我惊得当场定住不动了。

"你怎么知道……"

我本打算嘴巴被撕烂也不能把雷迪巴巴的事告诉蜜朗。

"那种事，看一眼就知道了啊。前阵子她还来我店里了呢，有一瞬间我还以为是小鸠你来了呢。不过衣服不一样嘛，才发现是另一个人。"

"才不像呢！"我说。

被说雷迪巴巴跟自己长得像，真是出乎意料。

"真的很像嘛，你下次也仔细瞧瞧好了。虽然说她化了个大浓妆，很难辨认，但你们的眼睛和嘴角简直是一个模子刻出来的。"

"怎么会……"

蜜朗完全是因为不明白雷迪巴巴是什么人才会这么说。

"你可别被她那种人骗了哦。"我赌气地说。

"雷迪巴巴就是小鸠的妈妈吧？要跟妈妈和睦相处哦。"QP妹妹说。

"说得对哦。不管对方是什么人，妈妈就是妈妈。小鸠你现在不觉得很幸福吗？你要是没这副身体，该怎么感受这份幸福呢？创造出你身体的人，就是妈妈。如果小鸠你觉得很幸福，就得好好感谢妈妈，否则会遭报应的哦。当然也没必要强迫自己去喜欢她啦。"

听到蜜朗的话，我才松了一口气。

"原来没必要强迫自己去喜欢她啊。但感谢她还是不成问题的。"

我能感觉到，一直堵在我胸口的某个东西，唰的一下被冲走了。

抬头仰望天空，群星闪闪发光。白昼中肉眼不可见的星星都在闪烁着。其中有上代，也有美雪。

闪闪发光，闪闪发光。

我们不论何时都被这美妙的光芒笼罩着。所以，一定不会有事的。

因为我有闪闪发光的宝物了。

那些无法言说的话语,就由我们为您传递吧!
我们将从来信中选取部分信件,通过公共平台替您
将想说的话传递给思念之人。

山茶文具店·博集小站(收)
北京市朝阳区融科望京中心B座8层
100102

图书在版编目（CIP）数据

闪闪发光的人生 / (日) 小川糸 (Ito Ogawa) 著；
吴曦译. — 长沙：湖南文艺出版社，2019.1 (2025.2 重印)
ISBN 978-7-5404-8768-3

Ⅰ. ①闪… Ⅱ. ①小… ②吴… Ⅲ. ①长篇小说—日本—现代 Ⅳ. ① I313.45

中国版本图书馆 CIP 数据核字（2018）第 137457 号

© 中南博集天卷文化传媒公司. 本书版权受法律保护。未经权利人许可，任何人不得以任何方式使用本书包括正文、插图、封面、封底、版式等任何部分内容，违者将受到法律制裁。

著作权合同登记号：图字18-2018-122

キラキラ共和国　（小川 糸著）
KIRAKIRA KYOWAKOKU
Copyright © 2017 by Ito Ogawa
Original Japanese edition published by Gentosha, Inc., Tokyo, Japan
Simplified Chinese edition is published by arrangement with Gentosha, Inc.
through Discover 21 Inc., Tokyo.

上架建议：外国文学

SHANSHAN FAGUANG DE RENSHENG
闪闪发光的人生

作　　者：	[日] 小川糸
译　　者：	吴　曦
内 文 信：	萱谷惠子
出 版 人：	陈新文
责任编辑：	薛　健　刘诗哲
监　　制：	蔡明菲　邢越超
特约策划：	闫　雪
特约编辑：	汪　璐
版权支持：	金　哲
营销支持：	傅婷婷　张锦涵　文刀刀
版式设计：	李　洁
封面设计：	梁秋晨
封面插画：	shun shun
出版发行：	湖南文艺出版社
	（长沙市雨花区东二环一段508号　邮编：410014）
网　　址：	www.hnwy.net
印　　刷：	三河市兴博印务有限公司
经　　销：	新华书店
开　　本：	855mm×1180mm　1/32
字　　数：	168千字
印　　张：	8.5
版　　次：	2019年1月第1版
印　　次：	2025年2月第12次印刷
书　　号：	ISBN 978-7-5404-8768-3
定　　价：	48.00元

若有质量问题，请致电质量监督电话：010-59096394
团购电话：010-59320018